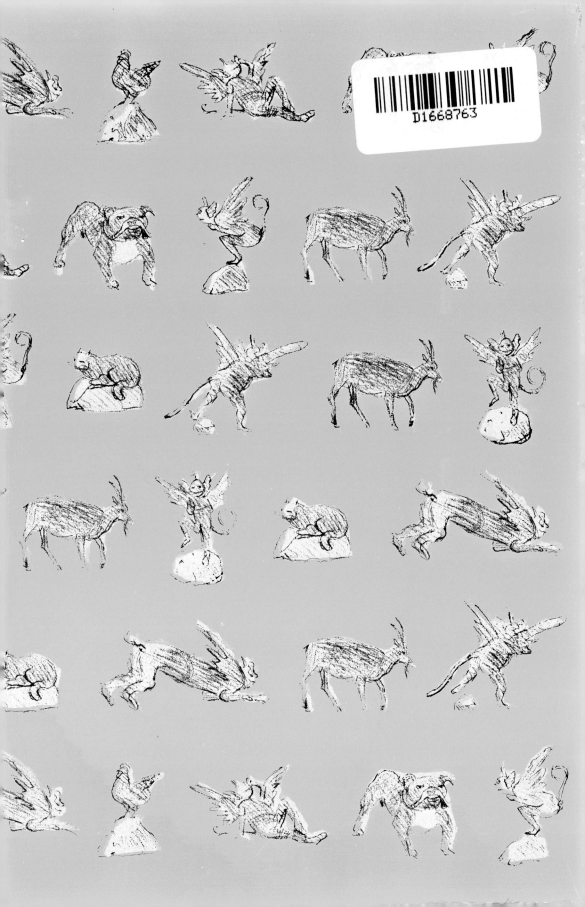

Die Lüchtermännchen

**Sagen aus dem Fläming
gesammelt und neu erzählt von
Christa und Johannes Jankowiak**

Illustrationen von Hannelore Teutsch
Der Kinderbuchverlag Berlin

Die Lüchtermännchen

Sagen aus dem Fläming gesammelt und neu erzählt von Christa und Johannes Jankowiak

© 1991 Der Kinderbuchverlag Berlin
Alle Rechte vorbehalten
Gesamtherstellung:
Graphischer Großbetrieb Pößneck GmbH
Ein Mohndruck-Betrieb
Printed in Germany
ISBN 3-358-01518-1

Der Wettstreit der Riesen

Vor langer Zeit, lange bevor die ersten Dörfer auf dem Hohen Fläming entstanden, hausten dort drei Riesen. Ihr Leben war eintönig und trist. Kein Mensch wohnte weit und breit, an dem sie ihre Launen auslassen konnten. Niemand war da, Schabernack mit ihnen zu treiben. Gähnend und gelangweilt saßen sie jeder auf einer Anhöhe und starrten vor sich hin.

Doch eines Tages hatten die Riesen einen Einfall. Sie beschlossen, aus den Feldsteinen, die überall herumlagen, drei feste Türme zu bauen. Natürlich um die Wette! Jeder sollte an der Stelle bauen, an der er bis dahin tatenlos herumgehockt hatte.

Eilends machten sie sich daran, Steine zusammenzutragen. Bald lagen sie in großer Menge bereit, und der Wettstreit konnte beginnen.

Einer der Riesen baute dort, wo heute die Wiesenburg steht. Emsig legte er Stein auf Stein, und die Turmwand wuchs zusehends.

Der zweite baute auf der Höhe über der heutigen Stadt

Belzig, dort, wo sich Jahrhunderte später die Burg Eisenhardt erhob. Er war besonders klug und geschickt. Also hatte er auch einen besonders dauerhaften Mörtel angerührt – mit Buttermilch hatte er ihn geschmeidig gemacht! Deshalb nennen die Leute den uralten Turm noch heute den Butterturm.

Der dritte Riese mühte sich auf dem Steilen Hagen. Er baute an dem Turm, um den später die Burg Rabenstein errichtet wurde. Weil er alle Steine erst den Hang heraufschleppen mußte, kam er am langsamsten voran. Immer hastiger packte er sie aufeinander. Da wurde die Mauer schief und krumm. Schließlich fiel sogar ein Stück der Turmwand in sich zusammen.

Der Rücken schmerzte dem Riesen von der ungewohnten Anstrengung. In breiten Bächen lief ihm der Schweiß über die Stirn. Er richtete sich auf, um einen Augenblick zu verschnaufen.

Als er nach Norden hinüberspähte, in die Richtung, wo heute Belzig liegt, wollte er seinen Augen nicht trauen. Dort ragte der Turm schon hoch über die Baumwipfel empor und schien von Minute zu Minute zu wachsen.

Er wandte den Blick weiter nach links und sah, wie der Riese, der als erster zu bauen begonnen hatte, die Augen mit der Hand schirmte und zum stetig wachsenden Butterturm schaute. Plötzlich bückte sich dieser, packte mehrere große Steine und warf sie voller Neid nach dem fast fertigen Bauwerk. Aber seine Arme waren von der Arbeit geschwächt. Die Steine flogen nicht weit genug und auch nicht in die richtige Richtung. Noch heute liegen sie auf den Feldern in der Nähe von Rädigke.

Als der Riese auf dem Steilen Hagen das sah, stieß er ein dröhnendes Gelächter aus. Es klang wie Donnergrollen. Dann langte er nach dem größten Findling, den er auf den Berg geschleppt hatte. Wenn der traf, würde der Butterturm einstürzen, und er könnte doch noch Sieger im Wettstreit werden!

Sorgfältig wog er den Stein in der Rechten, holte Schwung und warf ihn mit einem lauten Schrei.

Aber er hatte seine Kraft überschätzt. Der schwere Fels erreichte sein Ziel nicht, sondern landete im freien Feld. Der Aufprall war so heftig, daß er gut einen Meter tief in die Erde sank.

Bis auf den heutigen Tag liegt der Riesenstein von zwölf Metern Umfang zwischen Grubo und Bergholz dicht an der Straße.

Das Geheimnis des Trompeters

In der alten Töpferstadt Görzke gibt es bis auf den heutigen Tag einen Rest vom alten Burgwall. Und wo ein Burgwall ist, war auch eine Burg.

Die Burg von Görzke soll um das Jahr tausend entstanden sein. Schon knapp dreihundert Jahre später wurde sie zerstört. Was übrigblieb, waren zerfallene Mauerstücke, lose Steine und eben jener Burgwall.

Das Unkraut wucherte, Gestrüpp wuchs, und die Burgruine geriet mehr und mehr in Vergessenheit. Nur ganz wenige alte Leute erzählten sich noch, es habe einst einen unterirdischen Gang von der Burg zum Oberhof gegeben.

Doch dann entdeckten eines Tages spielende Kinder in einem Winkel des Gemäuers den Einstieg. Höchstens einen Meter weit konnte man in den Gang hineinsehen. Dahinter herrschte undurchdringliche Finsternis. Weil keiner genau wußte, wohin der Gang führte und ob er nicht streckenweise eingestürzt war, wagte sich niemand ins Innere.

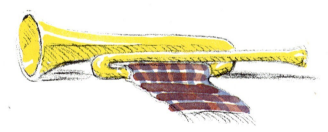

Einmal saßen im Gasthof ein paar Burschen beim Wein und prahlten. Mit jedem Glas, das sie leerten, wuchs ihr Mut. Schließlich erklärte der Verwegenste von ihnen, ein Trompeter, er wolle den Gang untersuchen. Es müßte mit dem Teufel zugehen, wenn er nicht herausfände, wo der unterirdische Weg endete!

Gesagt, getan. Die vier machten sich zur Burgruine auf. Dort gaben sie dem Trompeter noch eine Menge guter Ratschläge und verlangten, solange er vorwärts komme, solle er auf der Trompete blasen, damit seine Freunde wüßten, daß alles in Ordnung sei.

Nun wurde das Gestrüpp, das den Einstieg überwuchert hatte, beiseitegeschoben, und der Trompeter verschwand in der Maueröffnung. Eine Zeitlang waren seine Schritte noch zu hören. Ab und zu kollerte ein Stein, an den er mit dem Fuß stieß. Der Lichtschein der Kerze, die er mitgenommen hatte, wurde schwächer. Schließlich hörten die Zurückgebliebenen nur noch ferner und ferner den Trompetenklang.

Sie setzten sich ins Gras und warteten.

Plötzlich verstummte das Signal. Angespannt lauschten die drei. Vergeblich!

Was sollten sie tun?

Gerade wollten sie dem Freund zu Hilfe eilen, als sie hastige Schritte aus dem Gang hörten. Sie kamen stolpernd näher. Gleich darauf stürzte der Trompeter ins Freie. Sein Gesicht war kreideweiß. Er brachte kein Wort heraus. Die Trompete hatte er verloren. Seine leeren Hände zeigten in den dunklen Gang. Angst und Schrecken malten sich in seinem verzerrten Gesicht. Tonlos bewegten sich die zitternden Lippen.

Doch niemand hat je erfahren, was er in dem unterirdischen Gang gesehen hatte.

Der Franzosenschatz

Nicht weit von Görzke liegt Dangelsdorf. Nein – lag das Dorf, bis es im fünfzehnten Jahrhundert von einem der Quitzows, der berüchtigten Raubritter, in Brand gesteckt wurde. Übrig blieb eine Kirchenruine mitten im Wald. Abseits vom Weg ragen die Reste der beiden Giebelwände wie dunkle Schatten zwischen den Bäumen in die Höhe. Von den einstigen Seitenwänden ste-

hen nur noch niedrige Mauerstücke aus Feldsteinen, von Grün überwuchert.

In den Befreiungskriegen, nach dem Gefecht bei Hagelberg am 27. August 1813 flüchteten französische Soldaten mit der Kriegskasse. Sie irrten völlig erschöpft durch den Wald bei Dangelsdorf. Der Zufall führte sie zu der versteckten Ruine. Hastig gruben sie in einer Ecke des alten Kirchengemäuers mit Feldspaten und Bajonetten ein Loch, senkten die Kassette hinein, scharrten Erde und Steine darüber und verschwanden.

Viele Jahre vergingen. Eines Tages, als ein Hütejunge in der Nähe vom Dangelsdorfer Forsthaus Kühe hütete, tauchte auf dem Wiesenweg, der von Görzke kommt, ein fremdländisch gekleideter Herr auf. Er trat an den Jungen heran und fragte ihn in gebrochenem Deutsch, ob er sich ein paar Taler verdienen wolle. Dann solle er in der nächsten Nacht Schlag zwölf mit einem Spaten und einer Laterne bei der alten Kirchenruine sein.

Er dürfe aber niemandem etwas davon erzählen. Drei Tage lang müsse er über alles schweigen.

Das Angebot lockte, und der Junge willigte ein. In der Nacht schlich er sich aus dem Haus, lief die Wiese hinunter, über den Bach und in den Wald.

Die Schatten tanzten im schwankenden Licht der Laterne. Zwischen den Bäumen raschelte und knackte es. Immer wieder blieb er angstvoll stehen, lauschte, wollte zurücklaufen. Doch die in Aussicht gestellte Belohnung trieb ihn weiter.

Dicht bei der Kirche wartete schon der Fremde neben einer Kutsche. Als der Junge näher kam, sprang der Kutscher vom Bock, griff nach dem Spaten, forderte den Jungen auf, mit der Laterne zu leuchten, und fing an, nacheinander in den Ecken der Ruine zu graben. Plötzlich stieß er auf etwas Hartes, das wie Metall klang. Jetzt eilte der Fremde herbei, und beide Männer scharrten und wühlten das Erdreich und Steinbrocken beiseite, bis eine schwere eiserne Kiste zum Vorschein kam. Die schleppten sie zu der Kutsche, zahlten dem Jungen den versprochenen Lohn und fuhren davon.

Das nächtliche Dunkel nahm das Gefährt auf. Eine Weile waren noch das Trappeln der Pferde und das Poltern der Räder zu hören. Dann verstummte auch das.

So richteten die Bauern in Lütte

Kurz hinter Lütte, links von der Straße nach Dippmannsdorf, liegt der Galgenberg. Ein Galgen steht hier längst nicht mehr. Niemand denkt mehr daran, daß in alter Zeit Menschen für Vergehen mit dem Tod bestraft wurden, für die sie heute schlimmstenfalls Geld als Buße zahlen müßten.

Es kam sogar vor, daß jemand zum Tod am Galgen verurteilt wurde, nur weil er sich gegen die wahren Schuldigen nicht wehren konnte und ihrer Macht ausgeliefert war.

So geschah es in Lütte einem Schäfer. Wie an jedem Tag ging er eines Morgens im Herbst mit seinem Hund die Dorfstraße entlang. Aus den einzelnen Gehöften kamen die Schafe der

Bauern. Als der Schäfer das Ende des langgestreckten Dorfes erreicht hatte, trottete eine ganze Herde hinter ihm her.

„Geh aufs Kleefeld!" hatten die Bauern ihm befohlen.

„Der Klee ist naß!" rief der Schäfer zurück. „Das Kleefeld ist voll Tau!"

Aber die Bauern lachten.

„Will der Kerl uns belehren? Auf dem Kleefeld sollst du hüten!"

Der Schäfer mußte gehorchen, denn die Schafe gehörten ja nicht ihm, sondern den Bauern. Also trieb er die Herde in den taunassen Klee.

Es dauerte nicht lange, so wand sich das erste Schaf am Boden. Bald darauf bekamen drei weitere Tiere eine schwere Kolik. Der Schäfer versuchte ihnen zu helfen, aber vergebens. Es erkrankten immer mehr Schafe. Wenig später krepierte das erste. Bis zum Abend war fast die ganze Herde tot. Schuld war der nasse Klee, und schuld waren vor allem die Bauern, die verlangt hatten, daß der Schäfer die Herde in den Klee trieb.

Aber davon wollten sie nun nichts mehr wissen. Sie verwünschten den Schäfer, beschimpften ihn und wälzten alle Schuld auf ihn ab. Schließlich hielten sie eigenmächtig Gericht über ihn. Der Schäfer wurde zum Tod am Galgen verurteilt und aufgehängt.

Wenn die Bauern glaubten, damit wäre die Sache erledigt, dann irrten sie sich. Sie hatten nicht mit dem Hund des Schäfers gerechnet. Der war seinem Herrn zum Galgenberg nachgelaufen. Nun saß er unter dem Galgen, sah zu dem Toten hinauf und heulte und winselte in einem fort.

„Er wird schon aufhören", meinten die Bauern.

„Wenn er Hunger kriegt, kommt er zurück ins Dorf", sagten sie am zweiten Tag.

Doch der Hund blieb seinem Herrn treu. Er wich nicht von der Stelle. Sein Heulen war weithin zu hören. Da machten die Leute, die mit der Angelegenheit nichts zu tun hatten, den Schafhaltern Vorwürfe. Sie sagten ganz offen, der Schäfer sei unschuldig gewesen. Die Bauern hatten ihm doch befohlen, auf das nasse Feld zu gehen!

Jedesmal wenn der Hund besonders laut heulte, sagten sie das. Voller Wut zogen die Bauern abermals auf den Galgenberg und hängten den Hund neben seinem toten Herrn an den Galgen.

Eine Weile war nun Ruhe. Doch die Untat sprach sich herum. Handwerksburschen, die durch Lütte gekommen waren, erzählten, was dort geschehen war.

Bald darauf wurden die Bauern vor den Richter geladen und dann ins Gefängnis gesteckt – nicht weil der Schäfer gehenkt worden war, sondern weil sie sich an seinem unschuldigen Hund vergriffen hatten!

Die Geschichte wurde später auf einem Bild dargestellt, mit der Unterschrift: „So richten die Bauern in Lütte." Es soll sich in einer Kirche in Dresden befunden haben.

Die erlöste Alte

Vor vielen Jahren konnte man zwischen Benken und Schlamau regelmäßig einer alten Frau begegnen. Tagein, tagaus ging sie mittags denselben Weg durch die Felder. Kopf und Schultern hatte sie in ein dunkles Tuch gehüllt. Tiefe Falten durchfurchten ihr Gesicht. Die Haut war von Sonne und Wind gegerbt. In der Rechten trug sie stets ein weißes Bündel. Mit der Linken stützte sie sich schwer auf einen Knotenstock. Sie ging langsam, schaute sich ständig um und schien auf jemanden zu warten.

Keiner, der sie unterwegs überholte, blieb bei ihr stehen, keiner kannte sie.

An einem sengendheißen Sommertag kam dicht hinter ihr von Benken her eine Bäuerin mit einer schweren Kiepe. Ihr Rücken beugte sich unter der Last, ihre Füße quälten sich durch den Sand vorwärts.

Als die Alte die Bäuerin bemerkte, ging sie ihr entgegen und bot ihr Hilfe an. Sie lud sich die schwere Kiepe auf, die Bäuerin aber nahm ihr das leichte Bündel ab.

So gingen sie zusammen bis zu einer alten Eiche. Dort hatte die

Bäuerin sich von ihrer Schlepperei erholt, nahm selbst wieder die Kiepe und dankte der Alten für ihre gute Tat.

Die nickte zufrieden.

„Gerade um diesen Dank ist es mir gegangen", sagte sie. „Jetzt bin ich von meiner rastlosen Wanderschaft erlöst."

Sie verschwand, und niemand hat sie seitdem gesehen.

Der Schatz im Schloßbrunnen

Mitten im Hof von Schloß Wiesenburg steht ein reichgeschmücktes Brunnenhäuschen. Jagdszenen zieren den oberen Fries. Nichts deutet auf ein Geheimnis des Schloßbrunnens hin. Und doch weiß die Überlieferung zu berichten, unter einer schweren Steinplatte am Brunnenboden liege der Goldschmuck des Wendenfürsten Pribislaw. Nur in der Nacht zum 1. Mai könne er gehoben werden, denn dann verschwinde auf rätselhafte Weise das Wasser aus dem Brunnen. Keiner der Schatzsucher dürfe dabei auch nur ein Sterbenswörtchen sagen.

Zwei Wiesenburger machten sich vor langer Zeit auf, das Gold zu heben, ein Flame und ein Wende.

In den letzten Aprilstunden brachten sie Seile und Hacken auf den Schloßhof. Hinter den Fenstern waren die Lichter schon verloschen. Aus dem Park drang der krächzende Ruf eines aufgeschreckten Vogels herüber. Sonst war kein Laut zu hören.

Genau um Mitternacht ließen die beiden Männer sich in den Brunnenschacht hinab. Kein Zentimeter Wasser stand über der Steinplatte. Mit einer Hacke versuchten sie die Platte zu lockern. Dumpf hallten die Schläge von den Brunnenwänden wider.

Schon hob sich der Stein an einer Seite einen Spalt breit. Im flackernden Schein der Laternen sahen die beiden es gleißen und glitzern.

Doch im selben Augenblick fragte über ihnen eine gräßliche Stimme: „Wen von euch soll ich aufhängen?"

Erschrocken schauten die Schatzsucher auf und erblickten genau über sich einen Galgen!

„Mich nicht!" schrie der Wende in panischer Angst, und auch sein Helfer flehte laut um Gnade.

Aber kaum hatten sie das Schweigen gebrochen, da fiel die Steinplatte dröhnend in ihre alte Lage zurück, und aus der Tiefe quoll Wasser empor.

Nur hastige Flucht rettete die beiden vor dem nassen Tod.

Das Männeken auf dem Tor

Vor vierhundert Jahren gehörte Schloß Wiesenburg dem Grafen Benno dem Reichen. Der lernte auf einer Reise den berühmten niederländischen Bildhauer Alexander Colins kennen und bat ihn, Schloß Wiesenburg neu zu gestalten. Colins willigte ein.

Er verzierte das Mauerwerk und die Portale des Schlosses mit Ornamenten, allerhand Tieren und Fabelwesen, baute um den alten Brunnen ein reichgeschmücktes Brunnenhäuschen und hatte ständig neue Ideen.

Der alte Schloßhauptmann Mende, der bisher für die Instandhaltung des Schlosses gesorgt hatte, war darüber verärgert. Von früh bis spät räsonierte er über den „modernen Firlefanz" und behauptete, das Schloß werde von Colins verschandelt!

Der Bildhauer ließ sich bei seiner Arbeit nicht stören und spottete über den altmodischen Schloßhauptmann. Mende sann auf Rache. Bald bot sich dafür eine Gelegenheit.

Colins unternahm einen Ausflug nach Wittenberg.

Spät in der Nacht kehrte er zurück. Es regnete in Strömen. Völlig durchnäßt stand der Bildhauer vor der hochgezogenen Zugbrücke und bat um Einlaß. Schloßhauptmann Mende guckte aus dem Fenster, lachte schadenfroh, als er den Frierenden sah, klappte das Fenster zu und legte sich schlafen. Colins fluchte und tobte. Aber niemand ließ die Zugbrücke herab. Es blieb ihm nichts weiter übrig, als sich in einen Hauseingang zu stellen, wo er wenigstens etwas Schutz vor dem Unwetter fand. Dort mußte er bis zum Morgen warten.

Lange nach Tagesanbruch ließ der Schloßhauptmann die Zugbrücke herab. Colins ging mit einem kurzen Gruß an ihm vorbei, als wäre nichts gewesen.

Doch die Vergeltung ließ nicht auf sich warten. Ein paar Tage lang hörte man Colins in seiner Werkstatt eifrig arbeiten. Dann erschien er eines Morgens, ordnete an, ein Gerüst am Tor vor der Schloßbrücke zu errichten, und trug behutsam etwas in Tücher Gehülltes zu der abgerundeten Spitze des Torgiebels hinauf.

Längst hatten sich Neugierige eingefunden, gespannt beobachteten sie, was Colins vorhatte. Der Bildhauer wickelte vorsichtig die Tücher ab und stellte eine Figur oben auf das Tor.

Einen Augenblick glaubten die Leute ihren Augen nicht zu trauen. Dann begannen sie zu lachen. Tatsächlich, das war Schloßhauptmann Mende in Ritterrüstung mit Lanze und Schild! Der Bildhauer hatte ihn genau getroffen. Nur hatte er aus dem stattlichen Mann ein Männeken gemacht.

Mende war darüber so erbost, daß er vom Schlag getroffen wurde und tot umfiel.

Das Männeken-Tor steht noch heute.

Der verschwundene Schäfer

Im Dreißigjährigen Krieg ist es gewesen. Die Not in den Dörfern war groß. Durchziehende Soldaten hatten das Vieh geschlachtet oder weggetrieben, die Vorratskammern der Bauern geleert und die Felder verwüstet. Hunger und Seuchen breiteten sich aus. Und als ob das noch nicht genügte, fiel einen ganzen Sommer lang kein Tropfen Regen. Die Bäche wurden zu schmalen Rinnsalen und versiegten schließlich ganz. Die Plane, das einzige Flüßchen weit und breit, führte kein Wasser mehr. Selbst die Dorfbrunnen waren ausgetrocknet.

Auch in Wiesenburg herrschte eine Dürre, wie es sie seit undenklichen Zeiten nicht gegeben hatte. Die Bauern waren verzweifelt. Das letzte Vieh, das der Krieg ihnen übriggelassen hatte, schrie in den Ställen und verdurstete.

Die Schafherde wurde immer kleiner, weil täglich ein paar Tiere tot zusammenbrachen. Der Schäfer konnte das Elend nicht mehr mit ansehen. In der Nähe der Schäferei, in einem verwilderten Gelände zwischen Buschwerk und verdorrten Heckenrosen, gab es einen alten, längst nicht mehr benutzten Brunnen. Er war in Vergessenheit geraten. Der Schäfer bahnte sich einen Weg dorthin und holte aus dem zugeschütteten Brunnenschacht Steine und Sand heraus. Vielleicht konnte er hier Wasser finden!

Argwöhnisch beobachteten die Leute ihn von weitem. Niemand wagte sich näher, denn man erzählte sich, in dem Winkel sei es nicht geheuer! Einer hatte nachts ein Paar glühende Augen im Gebüsch gesehen. Andere hatten merkwürdige, unheimliche Geräusche gehört. Deshalb kam keiner dem Schäfer zu Hilfe. Der aber ließ sich nicht beirren. In der Hoffnung, auf Wasser zu stoßen, schippte er unermüdlich weiter.

Eines Tages holte er einen besonders großen Stein herauf, und dann einen großen Topf, randvoll mit Goldstücken!

Ein paar neugierige Burschen, die dem Schäfer aus sicherer Entfernung zugeschaut hatten, sahen das. Einer von ihnen rannte zum Gutsherrn und berichtete, was geschehen war.

Sogleich wurde er losgeschickt, um den Schäfer zu holen. Doch vergebens. Der Mann und der Schatz waren und blieben spurlos verschwunden.

„Der ist mit dem Schatz geflohen", vermuteten einige Wiesenburger. Doch die meisten waren anderer Meinung. „Er hätte seine Herde nie im Stich gelassen", versicherten sie. „Bestimmt hat der Teufel ihn geholt!"

Der verwunschene Prinz

Rechts neben dem Tor von Schloß Wiesenburg erhebt sich ein dicker, hoher Turm. Viele hundert Jahre steht er schon dort. In seinem Innern schläft ein verwunschener Prinz. Niemand hat ihn je gesehen.

Nur einmal vor langer, langer Zeit ist er im Park erschienen. Die Tochter des Schloßgärtners war nach einem heißen Sommertag hinausgegangen, um die Abendkühle zu genießen. Eine Weile hatte sie am Teich gesessen und auf das reglose Wasser geschaut.

Plötzlich hörte sie Schritte. Sie stand auf und schlug den Weg zum Schloß ein. Da sah sie zwischen den Bäumen eine schlanke Gestalt auf sich zu kommen.

Vergeblich suchte sie den späten Spaziergänger zu erkennen. Es war niemand aus dem Dorf.

Als der Fremde aus dem Schatten der Bäume trat, erblickte sie auf seinem Kopf einen merkwürdigen Federhut. Dazu trug er einen altmodischen Anzug aus schimmernder Seide.

Betroffen blieb das Mädchen stehen. Doch der Jüngling kam näher und sprach es an.

Inständig bat er, die Jungfrau möge ihn zur Kirche unten im Dorf begleiten. Aber sie müsse den Arm dabei um ihn legen. Nur so könne er von einem schrecklichen Zauber erlöst werden.

Zunächst war die Gärtnerstochter erschrocken und zögerte. Doch als sie in das flehende, bleiche Gesicht des Unbekannten blickte, überwand sie ihre Unsicherheit. Sie legte den Arm um die Taille des Jünglings und schmiegte sich eng an ihn. So schlugen sie den Weg zur Kirche ein.

Schon hatten sie den Schloßpark verlassen und gingen auf das Männeken-Tor zu, da tauchte plötzlich eine schwarze Kutsche vor ihnen auf. Sie wurde von zwei Rappen gezogen, die in rasendem Galopp heranjagten. Aus ihren Mäulern sprühten Funken und zuckten bläuliche Flammen.

Vor Schreck stieß das Mädchen einen schrillen Schrei aus und ließ den Prinzen los.

Sogleich war die Kutsche verschwunden. Eine klagende

Stimme rief: „Wieder muß ich tausend Jahre auf Erlösung warten!"

Und die Gärtnerstochter stand allein auf der nächtlichen Straße.

Das Geschenk der Nixe

Auf Schloß Wiesenburg lebte einst ein Ritter Winfried. Eines Tages bat er den Grafen von der nahe gelegenen Burg Rädigke um die Hand seiner Tochter. Bald wurde eine fröhliche Hochzeit gefeiert, und die junge Herrin hielt Einzug auf Wiesenburg.

Doch das Glück der beiden dauerte nicht lange. Ritter Winfried mußte seinen Landesherrn auf einen Kriegszug begleiten. Schweren Herzens nahm er von seiner Gemahlin Abschied. Dabei reichte er ihr ein silbernes Glöckchen.

„Häng es in deiner Kemenate an die Wand", sagte er. „Die Nixe aus dem Schloßteich hat es mir geschenkt. Solange das Glöckchen schweigt, geht es mir gut. Nur wenn ich sterben muß, wird es läuten. Und wenn du mir untreu wirst. Denn dann bricht mir das Herz!"

Nach diesen Worten ritt Winfried von dannen. Seine Frau schaute ihm lange nach.

Als der Ritter ihren Blicken entschwunden war, hängte sie das Silberglöckchen auf.

Wochen und Monate vergingen, ohne daß eine Nachricht von Winfried kam. Anfangs hatte die Schloßherrin das Glöckchen mit Scheu und Sorge beobachtet. Aber weil aus den Monaten Jahre wurden und das Glöckchen schwieg, zweifelte sie mitunter an seiner geheimnisvollen Kraft. Immer häufiger ertappte sie sich bei dem Gedanken, Winfried wäre längst nicht mehr am Leben. Dennoch blieb sie ihm treu.

Einen jungen Ritter, der sich in sie verliebte und um sie warb, wies sie ab. Sie erzählte ihm von dem Silberglöckchen. Da lachte er sie aus.

„Die Geschichte hat Winfried dir nur erzählt, damit du ihm

die Treue hältst!" rief er. Und dann behauptete er: „Dein Mann ist längst tot, sonst hätte er irgendwann eine Nachricht geschickt. Du wartest vergebens."

Schließlich gab die Frau dem Werben des verliebten Ritters nach.

Alsbald schlug das Glöckchen an, das Fenster öffnete sich, eine schlanke, zarte Hand faßte nach der Glocke und verschwand damit.

Verzweifelt sprang die Frau aus dem Fenster und ertrank im Schloßgraben.

Der prahlende Bauer

Im Dorfkrug von Jeserig ging es hoch her. Das Bier schäumte in den Bechern. Immer lauter wurden die Stimmen der aufgebrachten Bauern. Die Kienspäne blakten, und wenn einer mit der Faust auf die hölzerne Tischplatte schlug, flackerten die trüben Flämmchen. Drohungen und Verwünschungen wurden ausgestoßen.

Die Ernte war in diesem trockenen Sommer dürftig ausgefallen. Ohne Regen gab der karge Sandboden nichts her. Trotzdem schickte Ritter Kunz von Kracht seine Leute unbarmherzig durch die Dörfer, um den Zehnten einzutreiben. Mancher Bauer kratzte die letzten Münzen aus dem Beutel und ballte die Faust in der Tasche.

Nitsche Barnutz aus Reetz gehörte zu den Ärmsten. Als die Mitternacht näher rückte, stieg ihm das Bier zu Kopf, und sein Mut wuchs gewaltig. Plötzlich stand er leicht schwankend auf dem Tisch, reckte die Arme in die Höhe und schrie: „Dem zeigen wir's!"

Schlagartig verstummte das Stimmengewirr. Alle Augen richteten sich erwartungsvoll auf ihn. Da wuchs sein Mut noch mehr.

„Soll er nur kommen, der Kracht! Ich jage ihn ganz allein zum Dorf hinaus!" rief er. Was dann noch folgte, ging unter in den zustimmenden Rufen der Bauern.

Keiner hörte, wie sich auf der Dorfstraße der Hufschlag eines Pferdes entfernte.

In derselben Woche war's, als Ritter Kunz von Kracht auf der Wiesenburg mit seinen Kumpanen beim üppigen Mahl saß. Seine Zähne gruben sich in die saftige Wildschweinkeule. Schmatzend wischte er sich das Fett von den dicken Lippen und griff nach dem Pokal mit dem rot funkelnden Wein. Laut rühmte er sich, mit jedem fertig zu werden.

„Auch mit Nitsche Barnutz, dem frechen Bauernlümmel aus Reetz?" fragte listig einer aus der Runde.

Als Kracht ihn verwundert ansah, fuhr der Ritter fort: „Im Krug von Jeserig hat er geprahlt, er wolle Euch in die Flucht jagen!"

Die Worte waren kaum ausgesprochen, da sprang der Ritter so heftig auf, daß sein Stuhl umkippte, rannte polternd die Treppe hinunter und rief mit donnernder Stimme nach seinem Pferd.

Gleich darauf galoppierte er über die mondbeschienene Straße nach Reetz.

Dort rekelte sich Nitsche Barnutz, müde vom harten Tagewerk, wohlig im Bett. Plötzlich hämmerten laute Schläge ans Hoftor. Eine drohende Stimme forderte Einlaß.

Nitsche wurde kreidebleich!

„Schnell, Frau, hilf mir! Jetzt müssen wir schlau sein, sonst zahlt der Ritter uns heim, was ich ihm im Rausch angedroht habe!"

Eilends hoben die beiden den tags zuvor gestorbenen Vater aus dem Sarg, der noch in der Diele stand, und trugen ihn in Nitsches Bett. Nitsche aber hüllte sich in das weiße Leichenhemd und legte sich auf die Totenbahre.

Nun öffnete die Frau das Tor. Sie zitterte vor Angst und war den Tränen nah.

„Wo steckt der Kerl?" schrie Kunz von Kracht. „Ich werde ihn lehren!"

Er wollte die Frau zur Seite schieben.

„Er ist gestorben, Herr", jammerte sie, „Ihr findet ihn nicht mehr."

„Tot?" Der Ritter schüttelte sich vor Lachen. „Hat die Angst ihn umgebracht, bevor ich ihm das Leder gerben konnte?"

Die Frau gab den Weg frei. Kunz von Kracht trat an den offenen Sarg und blickte auf den reglosen Nitsche hinunter.

Aber was war das?

Ganz langsam hob sich die Hand des Toten. Ein Stöhnen war zu hören. Und dann ein heiseres „Wehe! Wehe dir!"

Der Ritter prallte zurück. Wie gejagt rannte er aus dem Haus, schwang sich in den Sattel und trieb sein Pferd zur Eile an.

Nur einen flüchtigen Blick warf er noch hinter sich. Da kam der tote Nitsche barfuß angerannt. Das lange Leichenhemd flatterte im Mondlicht um die hagere Gestalt.

Lachend trieb der Bauer den Ritter aus Reetz hinaus!

Der Räuberturm

Auf dem Gorrenberg, nicht weit von Medewitz, hat früher ein Turm gestanden. Drei Stockwerke hoch ist er gewesen. Er war so geräumig, daß darin zu ebener Erde lange Zeit sogar regelmäßig Pferdemarkt abgehalten worden ist. Als der Markt schließlich nach Belzig verlegt wurde, stand der Turm leer und geriet in Vergessenheit.

Doch eines Tages bemerkten vorbeiwandernde Handwerksburschen frische Hufspuren, die in den Turm hineinführten. Im Gasthof von Medewitz erkundigten sie sich aber vergebens nach den neuen Bewohnern. Niemand wußte, wer auf dem Gorrenberg hausen könnte. Ja, die Burschen wurden sogar ausgelacht. Wer weiß, was für Spuren oder Fährten sie gesehen hatten!

„Wird wohl ein Fuchs gewesen sein!" spotteten die einen.

„... oder ein Hase!" riefen andere.

Dennoch wollte das Gerücht nicht verstummen. Immer häufiger schlichen sich Neugierige in die Nähe des Turms. Tatsächlich waren Hufabdrücke im Sand zu erkennen.

Einmal, als die Spur nach draußen führte und die geheimnisvollen Bewohner offensichtlich ausgeritten waren, wagte ein besonders mutiger Schmiedegeselle sich in das Gebäude hinein.

Lange warteten seine Freunde im Dorf auf seine Rückkehr. Tage später fand man ihn erschlagen im Gebüsch.

Nun legten die Bauern sich auf die Lauer. Und wirklich wurde in der Abenddämmerung das breite Tor geöffnet. Eine Schar verwegen aussehender Reiter sprengte heraus und verschwand auf einem Waldweg.

Die Späher schlichen über die Lichtung zum Turm, doch dann standen sie ratlos vor den frischen Hufabdrücken. Die Spur der Pferde führte in das Tor hinein, sie aber hatten eben mit eigenen Augen die Reiter herauskommen sehen!

Tagelang beobachteten die Medewitzer den Turm. Und allmählich begriffen sie: Eine Räuberbande hatte sich auf dem Gorrenberg eingenistet. Jeden Abend bei Anbruch der Dämmerung trabten die finsteren, bärtigen Kerle davon, plünderten einsam stehende Anwesen aus und überfielen verspätete Wanderer im Wald. Gegen Morgen kehrten sie mit ihrer Beute zurück. Die Hufeisen hatten sie ihren Pferden verkehrtherum aufgeschlagen, damit niemand merken sollte, wann sie zu einem Raubzug ausgeritten waren.

Das Geheimnis der Postsäule

Über der alten Stadt Belzig erhebt sich die Burg Eisenhardt. Am Fuße des Burgbergs steht eine Postsäule. Bald nachdem sie aufgestellt worden war, erzählten sich die Leute, sie berge ein Geheimnis. Etwas Genaueres wußte niemand. Nur einen rätselhaften Spruch hatte man gehört:

„Wenn die erste Mainacht
                dämmert,
Pünktlich um Schlag eins,
                du Tropf,
Sei's in dein Gehirn
                gehämmert,
Trag ich einen goldenen
                Kopf!"

Aber damit konnte keiner etwas anfangen.

In jener Zeit hatte der Burgherr einige Gemächer neu einrichten lassen. Dabei war auch ein Tischlergeselle aus dem Dorf Sandberg beschäftigt gewesen. Mehrfach hatte er die Tochter des Burgherrn, die schöne Elisabeth, gesehen und hatte sein Herz an sie verloren.

Als seine Arbeit beendet war und er keinen Grund mehr hatte, die Burg zu betreten,

saß er manchen Abend im Gasthof „Grüne Tanne" und versuchte, seinen Liebeskummer hinunterzuspülen. Auf dem Heimweg blieb er unterhalb der Burg stehen und schaute hinauf zu dem erleuchteten Fenster des Burgfräuleins.

Eines Abends konnte er der Versuchung nicht widerstehen. Er kletterte an Mauervorsprüngen hoch, zog sich auf das Fenstersims, und nun sah er die schöne Elisabeth auf ihrem Lager ruhen. Behutsam stieg er durchs Fenster, schlich sich auf Zehenspitzen näher und küßte die schlafende Jungfrau.

Sie erwachte und schrie vor Schreck auf. Ihr Vater eilte herbei und ertappte den Eindringling. Wütend befahl er, ihn ins Verlies zu werfen und am nächsten Morgen an den Galgen zu knüpfen.

Der Tischlergeselle flehte um sein Leben, und auch Elisabeth bat für ihn.

Der Burgherr überlegte eine Weile. Dann forderte er den Burschen auf, über das Rätsel der Postsäule nachzusinnen. Wenn er es bis zum anderen Tag lösen könnte, sollte ihm das Leben geschenkt sein.

Dem Burschen fiel der seltsame Spruch ein, den die Belziger kannten. Er dachte daran, daß nur ein Tag bis zur ersten Mainacht fehlte. Also sagte er, er wolle sein Bestes versuchen. Man möge ihm nur erlauben, die Nacht auf der Plattform des Burgturms zu verbringen statt im Kerker. Vielleicht fände er dort des Rätsels Lösung.

Der Burgherr willigte ein, und der Geselle wurde auf den Turm gebracht.

Von dort konnte er im Mondschein deutlich die Postsäule am Fuße des Burgbergs erkennen. Unverwandt starrte er hinunter und grübelte. Auf einmal bemerkte er, daß der Schatten der Postsäule wie ein dunkler Zeiger um die Säule herumwanderte, je weiter der Mond seine Bahn über den Nachthimmel zog.

Längst hatte die Kirchturmuhr in der Ferne Mitternacht geschlagen. Bald mußte es eins sein. Auf einmal leuchtete an der Spitze des Schattenzeigers ein goldener Lichtschein auf, blieb eine Weile sichtbar, wurde dann langsam blasser und verschwand.

Jetzt begriff der Tischlergeselle den Spruch. Als er am nächsten Morgen zum Burgherrn geführt wurde, bat er sich für die kommende Nacht einen Spaten aus. Gegen Mitternacht solle man ihn zur Postsäule bringen.

Gespannt gingen der Burgherr und seine Getreuen mit, als die Wächter den Verurteilten zur vereinbarten Zeit aus der Burg geleiteten.

Kurz vor eins begann der Bursche das Erdreich an der Stelle aufzugraben, wohin die Spitze des Postsäulenschattens zeigte. Und wahrhaftig – schon nach wenigen Spatenstichen vernahmen alle einen metallischen Klang. Vorsichtig grub der Geselle weiter und fand einen Deckelkrug voller Goldstücke. Behutsam hob er ihn aus der Grube und trug ihn dem Burgherrn hin.

Der hielt Wort und schenkte dem Tischlergesellen das Leben. Mehr noch, er schlug ihn zum Ritter und gab ihm die schöne Elisabeth zur Frau.

Wie die Brautrummel zu ihrem Namen kam

Im Hohen Fläming gibt es die Rummeln. Das sind langgestreckte Schluchten mit unterschiedlich steilen und manchmal mehrere Meter hohen Böschungen auf beiden Seiten. Durch einige der Schluchten führen Wege, durch manche fließen schmale Bäche. Die Hänge sind mit Bäumen und Sträuchern bewachsen.

Nur selten, wenn nach einem schneereichen Winter das Schmelzwasser in die Rummeln fließt oder wenn starke Regenfälle niedergegangen sind, werden die Rummeln zu reißenden Flüssen.

Zwischen den Dörfern Bergholz und Grubo zieht sich die Brautrummel in breiten Windungen als tiefer Einschnitt durch die Landschaft. Vor vielen Jahren ist ein Brautpaar aus dem nahen Grubo an einem heißen Sommerabend dorthin gegangen. In wenigen Tagen sollte die Hochzeit sein. Daher gab es für die jungen Leute vieles zu besprechen. Sie redeten von der

Tischordnung an der Hochzeitstafel, vom Festessen und auch davon, wie sie sich ihr künftiges Zuhause einrichten wollten. Zwischendurch blieben sie stehen, schlossen sich verliebt in die Arme oder setzten sich ein Weilchen ins hohe Gras und überließen sich ihren Zukunftsträumen.

Die hohen alten Bäume breiteten ihre Zweige über der Rummel aus. In ihrem Schatten herrschte wohltuende Kühle.

Die beiden waren so mit sich beschäftigt, daß sie nicht merkten, wie am Abendhimmel ein Gewitter aufzog. Sie hielten die schwarzen Wolken für die hereinbrechende Dämmerung und achteten nicht darauf.

Plötzlich zuckte ein Blitz, ein harter Donnerschlag folgte. Große Regentropfen klatschten auf die Blätter, und im nächsten Augenblick ging ein Wolkenbruch nieder. Das Brautpaar flüchtete sich unter die breiten Äste einer Buche, drängte sich immer dichter an den Stamm. Aber das Laub bot keinen Schutz, unbarmherzig prasselte der Regen. Schon bildete sich in der Rummel ein Bach, wurde breiter und breiter. Auf beiden Seiten schoß das Wasser die Hänge herab. Nach wenigen Minuten hatte sich die Rummel in einen Wassergraben verwandelt.

Der junge Bauer nahm seine Braut bei der Hand, und sie wateten durch das ständig steigende Wasser auf die Böschung zu. Die nasse Kleidung klebte ihnen am Körper, die Füße sanken bei jedem Schritt tiefer in den aufgeweichten Boden. Als sie an den Rand der Rummel kamen, reichte das Wasser ihnen schon bis zum Gürtel.

Mit letzter Kraft griffen die beiden nach den Zweigen der Sträucher und nach freigespülten Wurzeln, um sich daran hochzuziehen. Zentimeter um Zentimeter kamen sie vorwärts.

Aber die Sträucher waren schon von den Wassermassen unterspült, die über den Hang in die Rummel strömten. Die Zweige und Wurzeln gaben nach. Die Füße fanden auf dem glitschigen Boden keinen Halt, die beiden stürzten in den reißenden Bach und ertranken.

Der Denkzettel

Bauer Paul in Rädigke hatte einen Kobold. Hänseken hieß er. Viele Jahre hauste er auf dem Boden über dem Schafstall.

Eines Tages kam Friedrich Müller, ein junger Bursche aus Niemegk, auf den Hof. Für ein paar Schmalzbrote verdingte er sich als Hütejunge. Mehr Lohn gab es nicht. Der Junge mußte dafür täglich die Schafe auf die Weide treiben und auf die Herde aufpassen.

Schon bald fiel ihm auf, daß am Hoftor ein schwarzes Schaf wartete, das sich der Herde anschloß und mit auf der Weide blieb. Er wußte nicht, woher es kam und wem es gehörte. Aber ob er ein Schaf mehr oder weniger hütete, war ihm gleich. Also nahm er das Tier jeden Morgen mit hinaus.

Wenn die Herde abends auf den Hof zurückkehrte, war das schwarze Schaf jedesmal verschwunden.

Allmählich wurde dem Hütejungen die Sache unheimlich.

Der Bauer wußte stets, was auf der Weide geschehen war – ob ein Tier sich verlaufen hatte, weil der Hirt eingeschlafen war, oder ob er zugelassen hatte, daß die Herde in ein bestelltes Feld geriet. Und dann hagelte es Vorwürfe und Schelte. Weil der Junge sich nicht erklären konnte, wie der Bauer alles erfuhr, gab er dem schwarzen Schaf die Schuld. Bestimmt war es der Kobold!

Die nächsten Tage versuchte Friedrich das schwarze Schaf wegzujagen, aber vergebens. Ein paarmal warf er sogar mit einem Stein nach dem Tier. Doch er traf es nie.

Eines Abends mußte der Junge Heu für die Schafe vom Dachboden holen. Plötzlich schoß aus dem Heu eine Flamme hoch.

In wildem Schrecken rannte Friedrich die Stiege hinunter und in die Küche.

„Feuer! Feuer!" schrie er.

Aber die Bäuerin lachte.

„Geh nur wieder rauf", sagte sie. „Hänseken wollte dir bloß Angst einjagen, weil du mit Steinen nach ihm geworfen hast!"

Von da an ließ der Hütejunge das schwarze Schaf in Ruhe.

Die Paradiesmühle

In Zeuden hat jahrhundertelang eine Familie von Zeuden gelebt.

Zur Zeit der Reformation gab es zwischen zwei Brüdern dieses Hauses heftigen Streit. Der eine wollte sich Luther anschließen, der andere nicht. Als die beiden einander mit Worten nicht überzeugen konnten, wollte einer dem anderen seinen Glauben aufzwingen. Sie griffen sogar zum Messer und drohten damit. Ihre Wut steigerte sich, und plötzlich war es geschehen. Karl von Zeuden hatte seinen Bruder durch einen Messerstich getötet.

Die Folgen wurden ihm sogleich bewußt. Ihm blieb als Rettung lediglich die Flucht in brandenburgisches Gebiet.

In aller Eile packte Karl seine wichtigste Habe zusammen, sattelte sein Pferd und galoppierte davon.

Auf dem Weg zur Grenze wagte er einen kurzen Umweg. Nicht weit von Niemegk lag an dem Flüßchen Plane die Patitzmühle. Sie hatte einem Herrn von Werder gehört. Nach seinem Tod wohnte seine Tochter allein dort. Zu ihr ritt Karl von Zeuden, denn er liebte sie und mußte nun für unbestimmte Zeit von ihr Abschied nehmen.

Einsam und traurig blieb Fräulein von Werder zurück. Monat um Monat wartete und hoffte sie vergebens auf die Heimkehr des Geliebten. Jeden anderen Freier wies sie ab.

Nicht weit von der Patitzmühle besaß die Gemeinschaft der Kalandsbrüder eine Kapelle und einen Hof. Ihr wachsender Reichtum hatte sie übermütig gemacht. Sie vergaßen, was sie gelobt hatten – Gutes zu tun und Nächstenliebe zu üben –, veranstalteten Gelage und belästigten immer häufiger das Mädchen in der Mühle. Da Karl von Zeuden in der Fremde weilte, glaubten sie, seine Geliebte wäre ihnen schutzlos ausgeliefert.

Doch Fräulein von Werder wies die aufdringlichen Kalandsbrüder energisch zurück. Sie sannen auf Rache. Schließlich verlangten sie, das Mädchen sollte nur noch den beschwerlichen Weg durchs Moor benutzen, wenn es nach Niemegk wollte. Das Fräulein hielt sich nicht daran. Da überfielen die Kalandsbrüder sie auf der menschenleeren Straße, schleppten sie in die Mühle, schlossen sie ein und legten Feuer.

Zur selben Stunde war Karl von Zeuden als Kurier seines neuen Dienstherrn nahe der Grenze unterwegs. Die Sehnsucht nach der Geliebten verleitete ihn zu einem Abstecher nach der Patitzmühle.

Als er durch Dahnsdorf kam, sah er die Menschen auf der Straße stehen und gebannt nach Süden starren. Hinter der Plane stiegen schwarze Rauchwolken in den blauen Himmel. Dort lag die Patitzmühle!

Der Reiter gab seinem Pferd die Sporen und galoppierte weiter.

Die Mühle stand in hellen Flammen. In sicherer Entfernung warteten zahlreiche Neugierige und beobachteten, wie das Feuer wütete.

Karl von Zeuden sprang vom Pferd, bahnte sich einen Weg durch die Schaulustigen und stürzte in das brennende Haus, um das Mädchen zu retten. Da brachen die ersten glühenden Balken nieder. Die Liebenden kamen in den Flammen um.

Stumm verharrte die Menge. Nur einer der Gaffer sagte: „Jetzt sind die beiden im Paradies."

Seit dem Tag wurde die Patitzmühle nur noch Paradiesmühle genannt.

Die Feuerreiter

In der Mitte des vorigen Jahrhunderts hat in Neuendorf, in der Nähe von Niemegk, der Blitz in eine Scheune eingeschlagen. Im Handumdrehen stand das Strohdach in Flammen. Glühende Strohbüschel flogen durch die Luft, fielen auf das Dach des Nachbarhauses und setzten es in Brand.

Die Leute rannten mit Eimern zum Dorfteich nach Wasser, versuchten zu löschen oder das Feuer wenigstens aufzuhalten. Aber die Flammen fraßen sich immer weiter. Der Himmel über dem Dorf färbte sich rot vom Widerschein der brennenden Häuser.

Bald wurden die Menschen in den Nachbardörfern aufmerksam und eilten den Neuendorfern mit Eimern und Kannen zu Hilfe.

In Dahnsdorf holte Amtmann Leo sein Pferd aus dem Stall und ritt, so schnell er konnte, zu der Feuersbrunst hinüber. Als er eintraf, standen alle Höfe bis auf einen einzigen in Flammen. Um den ritt der Amtmann herum und murmelte dabei geheimnisvolle Worte.

Kaum war er am letzten Zaunpfahl vorbei, schossen aus den brennenden Nachbargehöften lange Stichflammen auf ihn zu.

Amtmann Leo riß sein Pferd herum, galoppierte zum nahen Dorfteich und in das Wasser hinein. Alsbald erlosch das Feuer. Das Anwesen, das er umritten hatte, blieb verschont.

Ungefähr zur gleichen Zeit hat es auch im Niederen Fläming einen Feuerreiter gegeben. Das war der Inspektor Köster in Bärwalde. Von ihm erzählten sich die Leute, er könne jedes Feuer bannen.

Damals gab es in jedem Dorf einen Backofen. Manche sagten auch Backhaus dazu, denn der eigentliche Ofen war von einem kleinen Haus mit spitzem Giebel ummauert.

Wegen der Brandgefahr standen die Backöfen ein Stück entfernt von allen anderen Gebäuden. Trotzdem geschah es eines Tages in Herbersdorf, daß beim Anheizen die Funken den Reisighaufen entzündeten, der neben dem Backofen bereitlag. Das Feuer fraß sich im trockenen Gras weiter, und bevor der Bauer es verhindern konnte, brannte das nächstgelegene Anwesen.

Aus allen Häusern kamen die Leute mit Eimern und Wasserkannen, um zu löschen. Doch der Wind fuhr in die Glut und fachte das Feuer immer aufs neue an.

Da wurden die schnellsten Burschen zu Pferde nach Bärwalde geschickt, um Inspektor Köster zu holen. Als er eintraf, brannte schon halb Herbersdorf.

Der Inspektor ritt dreimal um das Feuer herum und murmelte eine Beschwörung. Da sanken die Flammen in sich zusammen und verloschen. Gleichzeitig legte sich der Wind.

Der Feuerreiter galoppierte noch einmal im weiten Kreis um den Ort und sprengte dann auf der Straße nach Bärwalde davon.

Was die Leute sich von den Findlingen erzählen

In der Eiszeit, vor Hunderttausenden von Jahren, drangen gewaltige Gletscher aus dem hohen Norden bis zum Fläming vor. Sie schoben Felsblöcke, Steine und Geröll vor sich her. Als das Eis abtaute, blieben die Steine zurück. Die Bauern haben sie jahrhundertelang von den Feldern gesammelt und am Rand zu hohen Haufen getürmt.

Aber da waren auch riesige Felsblöcke – die Findlinge, die konnte man nicht einfach wegtragen. Deshalb liegen sie noch heute im Wald, auf Wiesen und Feldern. Weil Menschenkraft nicht ausreiche, sie zu heben, glaubte man, Riesen, Teufel oder andere geheimnisvolle Wesen müßten sie dort hingebracht haben.

Zwischen Raben und Rädigke liegt ein drei Meter hoher Stein, den soll der Teufel geworfen haben, damals, als in Rädigke die Kirche gebaut wurde. Der Teufel konnte nicht in Ruhe zusehen, wenn irgendwo ein Kirchturm in die Höhe wuchs. Also packte er den größten Findling in seiner Reichweite und warf ihn nach dem halbfertigen Turm. Vor Wut vergaß er aber zu zielen. So landete der Findling in den Feldern.

Nicht allzu weit davon, auf dem Schwarzen Berg nordwestlich von Rädigke, liegt der Engelsstein. Wie er wohl zu seinem Namen gekommen ist?

Ein alter Schäfer erzählte, wenn früher jemand sein Ohr an den Stein gelegt hätte, wäre ein Singen und Klingen zu hören gewesen, wie von Engelschören! Daß heute davon nichts mehr zu vernehmen ist, muß wohl daran liegen, daß die Menschen bei allem heutigen Straßenlärm das Lauschen verlernt haben.

Ein Findling, der Hahnenstein, der zwischen Marzehns und Garrey am Wege lag, wurde gesprengt. Anderthalb Meter hoch ist er gewesen. Die ganz alten Leute konnten sich noch erinnern, wie der gewaltige Stein sich an jedem Morgen mit lautem Poltern umgedreht hat. Und zwar genau beim ersten Hahnenschrei, daher sein Name.

Im Weißen Tal zwischen Zeuden und Hohenwerbig gibt es einen Koboldstein. Als einmal zwei Bauern aus Marzehns in der Nähe auf der Jagd waren, hatten sich sieben Hasen hinter dem Findling versteckt. Die langen Löffel eines Hasen ragten über den Stein hinaus. Das entdeckten die beiden Jäger. Sie schlichen sich an und zielten.

In diesem Augenblick rannten die Hasen allesamt aus ihrem Versteck und liefen im Kreis hintereinander um die Schützen herum. Die verschossen alles Schrot, das sie bei sich hatten, ohne auch nur einen der Hasen zu treffen. Das konnte nicht mit rechten Dingen zugehen. Die Männer waren doch sonst geschickte Jäger!

Auf einmal begriffen sie, was los war. Der ältere sprach es aus:

„Die sieben Hoasen, up die mer geschoaten hän, det sind jau Kobolder!"

In Belzig liegt auf dem Gehsteig vor der Mauer des Gertraudenfriedhofs der Teufelsstein. Mit etwas Phantasie kann man darauf den Abdruck einer Hand erkennen.

Vor undenklicher Zeit hat der Teufel einmal auf dem Turm der Burg Rabenstein Rast gemacht. Es war ein sonniger Herbsttag. Aus luftiger Höhe wanderte sein Blick über die buntgefärbten Laubwälder bis nach Belzig hinüber. Doch schon war seine gute Laune verflogen. Sah er doch tatsächlich seine Großmutter dort spazierengehen und mit den Leuten schwatzen! Weil er ihr das Vergnügen mißgönnte, warf er mit einem großen Stein nach ihr. Getroffen hat er die Alte nicht, aber der Stein liegt noch immer in Belzig an der Straße!

Die unglückliche Rosemarie

Die älteste Burg, die im Hohen Fläming bis heute erhalten blieb, ist Burg Rabenstein. Ungefähr fünfzig Meter über dem Dorf Raben steht sie auf einer steilen Bergnase. Die Straße, die hinaufführt, hat es in alter Zeit nicht gegeben. Und statt eines Burgtors gab es nur einen Einstieg im Turm. Er ist noch vorhanden. Wer seinen ursprünglichen Verwendungszweck nicht kennt, glaubt, der Mauerdurchbruch fünfzehn Meter über der Erde wäre ein Fenster. Aber jeder, der die Burg betreten wollte, mußte auf einer Zugbrücke dort hinauf.

Wenn Feinde die Burg angriffen, wurde die Brücke hochgezogen. Dann war der Rabenstein uneinnehmbar. Sicherheitshalber mußte der Wächter die Brücke auch nachts hochziehen. Das ist einem Burgfräulein zum Verhängnis geworden.

Vor vielen hundert Jahren lebte ein stolzer, strenger Burgherr mit seiner Frau auf dem Rabenstein. Die beiden hatten eine Tochter. Rosemarie hieß sie. Das lebhafte, fröhliche Mädchen wuchs zu einer schönen Jungfrau heran. Den ganzen Tag hörte man sie singen und lachen.

Als sie siebzehn Jahre alt wurde, hielt der Burgherr Ausschau nach einem würdigen Freier. Zwar hatten schon mehrere Ritter um das Burgfräulein angehalten, aber keiner war dem Vater für seine Tochter gut genug gewesen.

Am Johannistag, dem 21. Juni, hatte der Burgherr das Mädchen nach der Abendandacht in seine Kammer geschickt. Bei Einbruch der Dunkelheit trat Rosemarie ans Fenster und schaute wehmütig hinaus. Unten im Dorf hatten die Burschen das Johannisfeuer entzündet. Juchzend sprangen sie mit ihren Mädchen über die Flammen. Der Feuerschein, das Lachen und Singen der Dorfjugend drangen bis zu ihr hinauf. Später setzte die Tanzmusik ein.

Jetzt hielt es Rosemarie nicht länger in ihrer einsamen Kammer. Sie huschte über Gänge und Treppen hinüber in den Turm. Der Wächter stand am Ausguck und blickte auf das fröhliche Fest hinunter. Unbemerkt schlüpfte Rosemarie hinter seinem Rücken vorbei, eilte über die Zugbrücke und lief ins Dorf. Dort

mischte sie sich unter die jungen Leute und tanzte und sang mit ihnen. Erst als das Johannisfeuer niedergebrannt war, kehrte sie zur Burg zurück.

Aber o Schreck! Die Zugbrücke war hochgezogen und der Turmeinstieg verschlossen. Einen anderen Zugang zur Burg gab es nicht.

Rosemaries ausgelassene Fröhlichkeit war plötzlich verschwunden. Ratlos sah die Jungfrau an der Turmmauer hoch. Aber kein Fenster, keine Öffnung war zu entdecken. Endlich nahm sie ihren ganzen Mut zusammen und rief nach dem Wächter. Bald darauf knarrte die Winde, die Zugbrücke wurde herabgelassen.

Dem Burgherrn blieb der nächtliche Ausflug seiner sorgsam behüteten Tochter nicht verborgen. Am anderen Tag rief er sie zu sich und hielt Gericht.

Keine Strafe schien dem erbosten Vater hart genug. Schließlich befahl er, das Mädchen in eine Nische in der vier Meter dicken Turmwand einzumauern. Das einzige, was sie in ihr kaltes Gefängnis mitbekam, war weißes Leinen für zwölf Hemden. Wenn Rosemarie die genäht hat, ist sie frei. Aber sie darf nur alle hundert Jahre einen Stich machen!

Seitdem schmachtet die schöne Rosemarie in ihrem Kerker. Nur einmal im Jahr, in der Johannisnacht, darf sie ihn für eine Stunde verlassen und in der Burg umhergehen.

Wenn es einem jungen Mann gelingen würde, ohne Hilfsmittel an der Turmwand bis zum Einstieg hinaufzuklettern und so in den Turm zu gelangen, könnte er Rosemarie durch einen Kuß erlösen. Aber das hat bisher noch keiner geschafft.

Das Burgfräulein vom Rabenstein

Vor mehreren hundert Jahren gehörte die Burg Rabenstein Dietrich von Oppen. Nach dem Tod seiner Frau lebte er dort zurückgezogen mit seiner Tochter Mechthild. Sie war seine einzige Freude.

Doch dann lernte der Burgherr in Treuenbrietzen eine junge Frau kennen, verliebte sich in sie und führte sie als seine Gemahlin heim.

Das Leben in der Burg änderte sich. Gäste kamen und gingen. Laute Feste wurden gefeiert. Keiner merkte, daß Mechthild blaß und traurig aussah und immer seltener ihre Kemenate verließ.

Von Oppen ahnte nicht, daß seine Frau ihre Stieftochter mit Zank und Streit quälte. Sie drängte sich überall in den Vordergrund und gönnte Mechthild keine frohe Stunde.

Als ihr Mann plötzlich starb, wurde die Not des Mädchens noch größer.

Mechthild hatte nur eine Hoffnung – die Stiefmutter möge ihr erlauben, den Junker von Leipzigk zu heiraten. Sie hatte ihn bei einem Jagdessen kennengelernt. Aber alles Hoffen war vergebens. Die Frau gab ihre Einwilligung nicht.

Eines Tages saß Mechthild allein in der Bibliothek ihres Vaters und blätterte in Büchern und Dokumenten. Dabei fand sie einen alten, vergilbten Plan der Burganlage. Aufmerksam verglich sie in Gedanken jedes Mauerstück, jede Fensteröffnung mit der Zeichnung und entdeckte an der Nord- und Südseite der Burg unterirdische Ausfalltore, von denen sie bisher nichts gewußt hatte.

Sie faltete den Plan zusammen, versteckte ihn im Ausschnitt ihres Kleides und nahm ihn mit in ihre Kemenate. Noch einmal schaute sie ihn sich genau an. Ein Irrtum war ausgeschlossen. Es handelte sich um unterirdische Tore. Aber wenn sie für Ausfälle gedacht waren, dann konnte jeder, der sie kannte, auch von außen in die Burg eindringen!

Als am Abend der Junker von Leipzigk unter Mechthilds Fenster auftauchte, warf sie ihm einen Brief hinunter.

Der Junker brach das Siegel auf und faltete das Pergament auseinander. Zu seiner Überraschung hielt er den Plan der Burganlage in der Hand, und er begriff, was Mechthild von ihm erwartete.

In einer mondlosen Nacht kehrte er mit seinen Getreuen zurück. Unbemerkt drangen die Männer durch die unterirdischen Tore in die Burg ein. Die Besatzung wurde überwältigt, die herzlose Burgherrin ins Verlies gesperrt. Ein paar Wochen später wurde sie nach Treuenbrietzen zurückgeschickt.

Mechthild und der Junker von Leipzigk feierten Hochzeit und wohnten zusammen auf dem Rabenstein.

Die Rache des Schmieds

Im Ziehmschen Wald, links neben dem Weg, der von Locktow nach Grabow führt, liegt das Franzosengrab. Ein Steinhaufen bezeichnet die Stelle.

Als die Armee Napoleons 1812 nach Rußland zog, streiften französische Soldaten in kleinen Trupps durch die Dörfer. Sie plünderten und mordeten, trieben den Bauern das Vieh weg, steckten Häuser und Ställe in Brand.

Auch im Hohen Fläming tauchten Franzosen auf. Sie drangen in die Gehöfte ein und stachen jeden nieder, der sich ihnen in den Weg stellte.

In Mörz dröhnte das Hoftor der Schmiede von Gewehrkolbenschlägen. Soldaten forderten Einlaß. Schmied Moritz war an diesem Unglückstag früh über Land geritten. Seine Frau versteckte sich angstzitternd in einer Bodenkammer, als sie das Lärmen hörte.

Immer wütender wurde am Tor gerüttelt. Plötzlich splitterte Holz, Franzosen polterten ins Haus, liefen die Treppe herauf. Vergebens rief die Frau um Hilfe. Als die Nachbarn mit Mistgabeln und Sensen angerannt kamen, lag sie schon tot am Boden.

Der eilig herbeigeholte Schmied fand die Mörder nicht mehr. Sie waren in den umliegenden Wäldern verschwunden.

Noch am selben Abend saßen die Männer aus Mörz und dem Nachbardorf Locktow im Krug zusammen und berieten, wie sie sich gegen künftige Überfälle wehren könnten. Schließlich beschlossen sie, die Kirchenglocken zu läuten, sobald streunende Soldaten in einem der beiden Dörfer auftauchten. Dann wollten sie die Franzosen gemeinsam verjagen.

Schmied Moritz brauchte nicht lange auf Rache zu sinnen. Schon wenige Tage später läutete die Glocke in Locktow Sturm!

Hastig griffen die Mörzer nach Dreschflegeln und Mistgabeln. Der Schmied stürmte ihnen voran, einen schweren Hammer in der Faust.

Als die Männer an der Mühle vorbei nach Locktow hinein rannten, drangen die Dorfbewohner dort schon mit Äxten und Spaten auf sechs Franzosen ein. Vor dem Krug hatten sie die Soldaten so eng eingekreist, daß die nicht einmal mehr ihre Gewehre heben konnten.

Der Racheschrei des Schmieds übertönte das Rufen und Keuchen der aufgebrachten Bauern. Erschrocken gaben sie ihm den Weg frei. Der Schmiedehammer sauste mit aller Wucht nieder. Mehrfach holte Moritz zum Schlag aus. Sein Gesicht war aschfahl. Wenige Minuten später lagen alle sechs Franzosen leblos auf der Dorfstraße.

Noch in derselben Nacht trugen die Bauern sie in den Ziehmschen Wald, hoben eine Grube aus und legten die Toten hinein.

Ein Steinhaufen deckte das Franzosengrab.

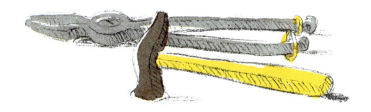

Der Kobold in der Wühlmühle

Abseits der großen Straße liegt seit Jahrhunderten an der Plane eine Wassermühle. Wühlmühle wird sie genannt und sogar Mühle zum Bösen Wühl – nach dem Kobold, der in ihr gehaust und das Wasser aufgewühlt haben soll.

Viel Ärger hat er vorzeiten dem Müller bereitet. In mancher Nacht hörte man ihn poltern und rumoren. Kam der Müller dann bei Sonnenaufgang in die Mühle, fand er die Säcke aufgebunden. Korn und Mehl lagen ausgeschüttet auf dem Fußboden.

Der Müller wäre den Unhold gerne losgeworden, wenn er nur gewußt hätte, wie das anzufangen war.

Grübelnd und ratlos saß er an einem stürmischen Herbstabend am Ofen, hörte die Fensterläden klappen und den Regen prasseln. Zu später Stunde näherten sich Schritte. Dann klopfte jemand.

Der Müller öffnete die Tür zunächst nur einen Spalt breit und schlug sie erschrocken wieder zu. In der Dunkelheit hatte er undeutlich ein riesiges zottiges Ungetüm gesehen.

Da klopfte es abermals, und eine Männerstimme rief: „Laßt mich ein, Müller, ich habe mich im Dunkeln verirrt!"

Ein Bärenführer war es, der draußen im Regen stand und um ein Nachtquartier bat.

Nach einigem Zögern ließ der Müller den Fremden ein und bot ihm einen Platz auf der Ofenbank an. Zuvor jedoch brachten die beiden den Bären in die Mühle.

„Da richtet er bestimmt keinen Schaden an", beteuerte der nächtliche Gast.

Bald verriet das gleichmäßige Atmen, daß der müde Wanderer fest schlief. Nun legte sich auch der Müller auf sein Lager und löschte das Licht.

In der Mühle hatte der Bär sein nasses Fell ausgeschüttelt und sich in einem Winkel zusammengerollt.

Gegen Mitternacht vernahm er seltsame Geräusche. Ein Licht wurde angesteckt, und in seinem ungewissen Schein erkannte der Bär einen Kobold mit einem großen, unförmigen Kopf und einem roten Jäckchen. Geschäftig wirtschaftete der kleine Kerl herum, und es dauerte nicht lange, da brannte auf dem Steinfußboden ein Feuerchen. Der Knirps wärmte sich die Hände an den Flammen und stellte schließlich eine Pfanne darüber.

Bald brutzelte und schmurgelte es verheißungsvoll in dem Tiegel. Ein köstlicher Duft stieg dem Bären in die Nase. Der hielt es endlich nicht mehr aus, erhob sich, tappte näher und legte eine Pranke auf die Schulter des Kobolds, um ihn ein bißchen zur Seite zu schieben.

Der Kleine fuhr herum, starrte den zottigen Tischgast entgeistert an und floh in panischem Schrecken aus der Mühle.

Am anderen Morgen bedankte sich der Bärenführer bei dem Müller, holte seinen Bären aus der Mühle und zog mit ihm von dannen.

Der Kobold aber blieb verschwunden.

Manchmal überlegte der Müller, was den Bösen Wühl vertrieben haben könnte. Doch er fand keine Erklärung, und allmählich vergaß er die Sache. Obendrein war er froh, den lästigen Hausgenossen los zu sein.

Wie groß aber war sein Entsetzen, als ungefähr ein Jahr darauf an einem späten Herbstabend die Tür aufging und der Kobold seinen dicken Kopf vorsichtig hereinsteckte.

„Issen där met sine grote Poten un met sinen langen Pelz noch doa?" fragte er.

Der Müller überlegte nicht lange. Schnell antwortete er: „Jou! Un het noch siben Junge kreegen!"

Da rief der Kobold voller Schrecken: „Adje, Meester!" und ward nie mehr gesehen.

Die Ochsen des Bösen Wühl

Nach einer anderen Sage war an der Plane, wo jetzt die Wühlmühle steht, in alter Zeit ein großer See. Ein Nix, der Böse Wühl, hatte dort sein Reich.

Rings um den See erstreckten sich die Felder der Bauern aus Lüsse.

Einer von ihnen pflügte einmal mit zwei Ochsen sein Land. Aber die Ochsen waren müde und widerspenstig. Stunde um Stunde verging, und der Bauer wurde nicht fertig. Die Sonne stand schon tief. Bald würde es dunkel werden.

Vergebens trieb er die Tiere mit lauten Rufen an. Schließlich sagte er ärgerlich: „Wenn ich doch bloß ein paar frische Ochsen hätte!" Da hörte er ein Geräusch hinter sich. Er drehte sich um und sah am Ufer des Sees ganz in der Nähe zwei große, wohlgenährte Ochsen stehen. Kein Mensch, dem sie hätten gehören können, war weit und breit zu entdecken.

Kurzentschlossen spannte der Bauer seine müden Tiere aus, trieb sie auf eine nahe Wiese zum Weiden und spannte die fremden Ochsen vor seinen Pflug.

Sie zogen kräftig an. Zunächst ging auch alles gut. Doch dann wurde das Tempo immer schneller. Kaum konnte der Bauer dem Pflug noch folgen. Da schlang er sich die Leine um den Leib. Ehe er sich's versah, war die letzte Furche gezogen. Aber die Ochsen hielten nicht an. Der Bauer rief und schrie, zog an der Leine und stemmte sich mit den Füßen gegen den Boden. Doch die Ochsen liefen über die Wiese schnurstracks auf den See zu.

Im allerletzten Moment gelang es dem Mann, sich von der Leine freizumachen. Gleich darauf stürzten die Tiere mit dem Pflug ins Wasser.

Der See schäumte hoch auf, und eine grelle Stimme rief: „Das war deine Rettung, Bauer!"

Dem Pflüger zitterten die Knie. Erst jetzt begriff er, daß die Ochsen dem Nix gehörten, der versucht hatte, ihn auf diese Weise in die Tiefe zu holen!

Wie der Mühlstein in den Kirchturm kam

An der Plane liegt das Dorf Gömnigk. Schon in alter Zeit hat es hier eine Wassermühle gegeben. Sie gehörte einem jungen, fleißigen Müller.

Das Wasserrad stand niemals still, und die Bauern kamen mit

ihren Fuhrwerken aus allen Dörfern der Umgebung hergefahren, um ihr Korn zum Mahlen zu bringen.

Doch fast von einem Tag zum anderen brach das Unglück über den Müller herein. Sein vor Gesundheit strotzendes Vieh erkrankte an einer bösen Seuche, nicht ein Tier überlebte. Zu allem Überfluß stieg die Plane im Frühjahr nach der Schneeschmelze an. Das Hochwasser überschwemmte Wege und Wiesen und riß große Teile der Mühlenanlage mit.

Der Müller verzagte trotzdem nicht. Mühsam baute er sein Anwesen wieder auf und kaufte von seinen Ersparnissen neues Vieh. Die Wiesen trockneten, die Plane eilte wieder als harmloses Flüßchen durch ihr Bett. Dennoch wurde es in der Mühle nicht mehr wie zuvor. Stundenlang stand der Müller untätig an den Zaun gelehnt und spähte nach einem Leiterwagen aus. Die Angst der Bauern, sie könnten die Seuche auf ihr eigenes Vieh übertragen, hatte die Kunden verjagt.

Eines Nachts saß der Müller schlaflos und von Sorgen gequält auf seinem Schemel. Draußen rüttelte heftiger Wind an den Fensterläden. Die Bäume hinter der Mühle ächzten und bogen sich.

Plötzlich flog die Tür auf, und vor dem Verzweifelten stand der Teufel. Er heuchelte Mitleid und bot dem Müller seine Hilfe an. Nur ein kleiner Vertrag sei nötig.

Der Müller zögerte zunächst, doch willigte er schließlich in das Angebot des Bösen ein und verschrieb dem Teufel seine Seele. Der versprach ihm dafür Reichtum, gesundes Vieh und viele treue Kunden, und das für zehn lange Jahre.

Als die Sonne am nächsten Morgen aufging und der Müller die Fensterladen aufstieß, glaubte er seinen Augen nicht zu trauen. Wagen hinter Wagen rollte auf die Mühle zu. Die Kornsäcke türmten sich auf den Fuhrwerken. Die Kutscher knallten mit den Peitschen und trieben die Pferde an, um einander zuvorzukommen.

Von Stund an gab es in der Alten Mühle keine Sorgen mehr. Das Geld klingelte im Kasten, und der Müller war zufrieden.

Je besser es ihm ging, desto weniger Lust hatte er, sich mit den schweren Mehlsäcken und all seiner täglichen Arbeit zu plagen.

Gern hätte er einen kräftigen Gesellen eingestellt. Aber jeder neue Helfer suchte am nächsten Tag schleunigst das Weite, weil es um Mitternacht in der Stube des Müllers merkwürdig polterte und klopfte. Einer behauptete sogar steif und fest, er habe den Leibhaftigen gesehen. Einen roten Feuerschweif soll er hinter sich hergezogen haben!

Und dann kam die Nacht, in der Punkt zwölf ein jäher Windstoß die Fensterläden aufriß. Im gleichen Augenblick stand der Teufel vor dem erschrockenen Müller und präsentierte grinsend den Vertrag.

„Jetzt gehört deine Seele mir!"

Angstvoll suchte der Müller nach einem Ausweg. Plötzlich kam ihm ein rettender Gedanke. Er bat den Teufel um eine kurze Frist. Er wolle nur noch einmal hinausgehen und von der Mühle, der Plane, dem Vieh und den Wiesen Abschied nehmen.

Der Teufel seufzte nachsichtig und setzte sich, seiner Sache sicher, auf den Schemel, um zu warten.

Sowie der Müller die Stubentür hinter sich geschlossen hatte, rannte er in weiten Sprüngen hinüber zur Kirche des nahe gelegenen Dorfes Rottstock. Gerade hatte er den Turm erklommen und spähte aus dem Fenster, da tauchte an der Plane der Teufel auf. Mit wutverzerrtem Gesicht erkannte er, daß sein Opfer ihm entkommen war.

Er bückte sich, packte den ersten besten Mühlstein und schleuderte ihn mit aller Kraft nach Rottstock hinüber. Den Müller traf er nicht, aber den Kirchturm. In seiner Südmauer steckt der Mühlstein noch heute.

Müller Pumpfuß in Gömnigk

Keiner wußte genau, wo der Müller Pumpfuß eigentlich herkam. Eine Mühle besaß er nicht.

Viele Jahre ist er umhergewandert und hat fast alle Mühlen landauf, landab gekannt. Immer verstand er es, an einem Tag zu erscheinen, wo der Müller und seine Gesellen nicht da waren.

Dann hat er sich von der Müllersfrau auftafeln lassen, was Küche und Vorratskeller zu bieten hatten. Wurde er unfreundlich aufgenommen, so spielte er der Frau einen Schabernack und zog weiter.

Einmal kam er durch Gömnigk und klopfte an die Tür der Alten Mühle.

Die Frau stand gerade am Waschtrog und hatte keine Zeit, ihre Arbeit zu unterbrechen. Sie rief nur laut: „Herein!"

Müller Pumpfuß trat ein und bat um Speise und Trank.

Die Müllersfrau schüttelte ärgerlich den Kopf und sagte: „Ich habe nichts! Versuch dein Heil woanders!"

Pumpfuß zog den Hut und verabschiedete sich mit einem Kratzfuß.

Kaum hatte er die Tür hinter sich geschlossen, vernahm die Frau ein Rumpeln und Poltern, als brächen die Mauern ein. Die Mühle hörte auf zu klappern.

Erschrocken lief sie nach draußen. Da sah sie voller Entsetzen, daß das Mühlrad hoch oben auf dem Schornstein lag und sich über dem Dach in wildem Wirbel drehte.

Pumpfuß war in einiger Entfernung von der Mühle stehengeblieben und lachte über die verstörte Müllersfrau. Da begriff sie, daß er das Mühlrad aufs Dach befördert hatte.

Eilig lief sie ihm nach, holte ihn zurück und bewirtete ihn mit allen Leckerbissen, die sie anzubieten hatte – Pumpfuß ließ sich's schmecken!

Gleich darauf rollte das Mühlrad vom Dach herunter, an seinen Platz zurück und drehte sich wieder.

Pumpfuß soll noch öfter in der Alten Mühle eingekehrt sein, denn von Stund an wurde ihm in Gömnigk stets der Tisch gedeckt.

Das Geheimnis des Bischofssteins

Am Rand einer Waldschneise zwischen Rietz und Hohenwerbig liegt ein Findling aus Granit. Er hat einen Umfang von mehr als achteinhalb Metern und ragt einen Meter zwanzig hoch aus der Erde. Ganz deutlich erkennt man auf dem Stein vier eingemeißelte Kreuze. Über einem von ihnen steht die Jahreszahl 1590. An einer anderen Stelle sind die Konturen eines Kelchs zu sehen. Sie sind allerdings schon ziemlich verwittert.

Und noch eine Besonderheit hat der riesige Felsblock. Auf

seinem Rücken befindet sich eine trichterförmige Vertiefung, die mit einem genau darauf passenden flachen Stein abgedeckt ist. Wer Glück hat, findet in der Vertiefung ein Geldstück. Früher legte mancher, der vorbeikam, einen Zehrgroschen für wandernde Handwerksburschen hinein. Auch heute noch läßt dieser oder jener eine Münze in dem Näpfchen zurück. Bischofsstein wird der Felsblock genannt. Wenn man die Leute fragt, warum, kann man verschiedene Geschichten aus ferner Vergangenheit hören.

In heidnischer Zeit soll der Findling ein Opferstein gewesen sein. Opferstätten lagen oft in Eichenhainen. Um den Bischofsstein stehen niedrige Kiefern und Gebüsch. Und doch heißt das Waldstück seit undenklichen Zeiten „Oken", das sind Eichen.

An dem Stein vorbei führte einst eine wichtige Straße. Dort entlang reiste der magdeburgische Erzbischof Wichmann in die von ihm gegründete Flämingstadt Jüterbog, mit ihm reisten Steinmetze, die in Jüterbog eine Kirche bauen sollten.

Als Bischof Wichmann bei dem Findling ankam, machte er mit seinem Gefolge Rast. Weil noch ein langer, gefährlicher Weg durch dichte Wälder und unbewohnte Gegenden vor den Reisenden lag, hielt er eine Andacht und benutzte den riesigen Stein als Altar. Zuvor meißelten die Steinmetze Kreuze hinein – zwei Linienkreuze und zwei Kreuze mit außen breiter werdenden Armen, die den Weihekreuzen glichen, die man in alten Kirchen noch heute sehen kann.

Aber vielleicht wurden damals auch nur die beiden Linienkreuze in den Stein geschlagen. Denn ungefähr dreihundert Jahre später stießen die Hussiten auf ihren Kriegszügen aus Böhmen bis in den Fläming vor. Müde und erschöpft erreichte ein Trupp den mächtigen Felsblock. Die Hussiten beschlossen, hier zu lagern und einen Feldgottesdienst abzuhalten. Der Findling diente als Altar, in den sie ihre Zeichen eingruben – den Abendmahlskelch und zwei Kreuze mit breit endenden Armen.

So könnte es gewesen sein. Jedenfalls wird der Findling auch Hussitenstein genannt.

Doch was ist mit der Jahreszahl? Von 1584 an wütete auf dem Fläming die Pest. Ganze Dörfer wurden von der schrecklichen

Seuche entvölkert. Es gab keine Medikamente, keine Ärzte, die helfen konnten. Die Menschen flüchteten in die Wälder und hofften, dort von der Krankheit verschont zu bleiben.

Als 1590 eine unbeschreibliche Dürre die letzten Früchte in den Gärten und die Ernte auf den Feldern vernichtete, wußten die Leute sich keinen Rat mehr und beteten zu Gott um Hilfe. Weil sie auf dem Findling die eingemeißelten Kreuze fanden, machten sie ihn zum Altar und schlugen die Jahreszahl in den Stein.

Vielleicht ist aber auch alles ganz anders gewesen. Der Findling verrät seine Geheimnisse nicht, auch dem nicht, der im Vorbeigehen eine Münze in das trichterförmige Näpfchen legt und den flachen Stein darüberdeckt.

Die beiden Schwestern

In Treuenbrietzen erinnert nur noch der Burgwall daran, daß hier einmal vor langer Zeit eine Burg gestanden hat.

Zwei Schwestern haben sie bewohnt. Maria, die ältere, war bescheiden und gütig. Jeder, der sie kannte, mochte sie gern, weil sie den Menschen stets freundlich begegnete.

Die jüngere der Schwestern hieß Helene. Sie war geizig und hochmütig.

Maria entschloß sich, von ihrem Vermögen für die Stadt eine Kirche bauen zu lassen. Die tüchtigsten Bauleute aus der ganzen Gegend holte sie dazu nach Treuenbrietzen.

Bald waren die Grundmauern fertig. Die Kirchenwände wuchsen von Woche zu Woche. Schon lange bevor das Dach gedeckt war, sprachen die Leute nur noch von der Marienkirche.

Doch als der Kirchturm halbhoch stand, ging Marias Geld zu Ende. Sie hatte ihr Vermögen bis auf den letzten Groschen in den Bau gesteckt. Ratlos sah sie an dem Turm empor, dem noch die Spitze fehlte. Da sie keinen anderen Ausweg wußte, bat sie Helene, sie möge ihr das Geld für den Turm geben.

Die geizige Helene lachte spöttisch.

„Mit meinem Geld willst du bauen? Das fehlte noch!" rief sie. „Wenn Treuenbrietzen eine Kirche bekommen soll, die nach dir benannt wird, dann sieh zu, wovon du die Maurer bezahlst."

Sie trat ans Fenster und blickte zu der Baustelle hinüber. Schadenfreude blitzte aus ihren Augen. „Eher soll mein ganzes Hab und Gut versinken, eher will ich eine Schlange werden, als daß ich dir auch nur einen Groschen gebe!" fügte sie hinzu.

Enttäuscht und traurig ging Maria hinaus auf den Bauplatz und bat die Maurer, den Turm zuzumauern. Bis heute hat er deshalb keine Spitze.

Während sie da stand und am Gerüst hinaufschaute, hörte sie plötzlich ein lautes Krachen und Dröhnen. Entsetzt blickte sie in die Richtung, woher der Lärm gekommen war, und sah, daß der Teil der Burg, den Helene bewohnt hatte, verschwunden war.

Maria eilte zurück. Die Erde hatte den Burgflügel und die geizige Schwester verschlungen.

Später hat manchmal, wenn die Leute ihre Wäsche nachts auf der Bleiche dicht beim Burgwall bewachten, über der Stelle ein bläuliches Feuer gebrannt. Einige haben auch Goldstücke im Gras gefunden. Und in hellen Nächten haben sie gesehen, wie eine Schlange auf dem Burgwall entlanggekrochen ist.

Das vertauschte Kind

Ein Nickert ist ein Wassermann, der in Seen, Bächen und Flüssen wohnt.

Auch in der Nieplitz, einem kleinen Fluß, der nicht weit von Treuenbrietzen entspringt, lebte ein Nickert. Von ihm wurde erzählt, daß er häufig Menschenkinder geraubt und dafür seine eigenen in die Wiege gelegt hätte.

Nun wohnte in einem Dorf nicht weit von der Nieplitz ein Holzfäller. An jedem Morgen ging er bald nach Sonnenaufgang zur Arbeit in den Wald. Mittags brachte seine Frau ihm das Essen, setzte sich zu ihm, bis die Schüssel leer war, und machte sich dann wieder auf den Heimweg.

Die beiden hatten ein Kind, einen hübschen Jungen. Weil er noch nicht laufen konnte, setzte die Frau ihn in eine Kiepe, huckte sie auf und nahm ihn so an jedem Tag mit.

Der Weg in den Wald führte auf einem hölzernen Steg über die Nieplitz. Sooft die Frau vorbeikam, warf der Nickert einen Blick in die Kiepe. Eines Tages geschah es dann. Er stahl unbemerkt den Jungen aus der Kiepe und setzte eins der Nickertkinder hinein.

Der Holzfäller und die Frau konnten sich die Veränderung nicht erklären, die mit ihrem Kind vor sich gegangen war. Es wuchs nicht, wollte nicht sprechen und nicht laufen, aber es war immer hungrig.

Die Frau kochte das Mittagessen meistens schon am Morgen und stellte es dann zum Warmhalten in die Ofenröhre. Kaum hatte sie die Stube für einen Augenblick verlassen, so stand das Nickertkind aus der Wiege auf, lief zum Ofen und aß den Topf leer. Das wiederholte sich tagelang. Die Frau wußte sich keinen

Rat und erzählte den Nachbarn von dem seltsamen Verhalten des Kindes.

„Der Balg muß Prügel haben", meinten sie.

„Beim Essen muß man ihn erwischen!"

„Es darf kein Topf in der Röhre stehen!"

Das leuchtete der Frau ein. Tags darauf legte sie alte Schuhsohlen in die Ofenröhre. Dann ging sie hinaus und wartete ein Weilchen.

Als sie wieder in die Stube kam, stand das Nickertkind vor dem Ofen und jammerte: „Schuhsohlen! Nur Schuhsohlen!"

Mittags steckte die Frau das Kind wie gewöhnlich in die Kiepe und ging hinaus in den Wald. An der Holzbrücke lag der Nickert schon auf der Lauer. Sobald sie in seine Nähe kam, vertauschte er die Kinder abermals, denn er wollte sein eigenes Kind vor Hunger bewahren. Die Eltern aber waren überglücklich, ihren Jungen wiederzuhaben.

Der Schneiderstein

Dicht an der Straße, die von Treuenbrietzen nach Wittenberg führt, liegt im Wald ein riesiger Findling. Schneiderstein wird er genannt. Genaugenommen sind es sogar zwei Steine, die eng nebeneinander liegen. Sie passen so gut zusammen, daß ganz offensichtlich ist: Das war ursprünglich nur ein Stein. Eine gewaltige Kraft hat ihn der Länge nach gespalten.

In der Nähe des Finkenbergs lebte in alter Zeit ein Riese, der geschickt mit Nadel und Faden umzugehen verstand. Nicht nur seine Kleidung nähte er selbst, sondern auch die Kleider seiner Frau. Weil Nähen für Riesen eine ungewohnte Tätigkeit ist, spotteten die anderen Flämingriesen darüber und nannten ihn den Schneider. Doch das kümmerte ihn wenig. Unverdrossen nähte er immer neue Gewänder.

An einem Sommertag war das Riesenpaar aus seiner heißen Behausung in den schattigen, kühlen Wald gegangen. In der Nähe eines großen Findlings hatte der Riese sich im Gras niedergelassen. Er nähte eifrig an einer warmen Jacke für den Winter.

Seine Frau saß nicht weit davon und hänselte ihn ob seiner Geschäftigkeit.

Eine Weile hörte sich der Schneider ihre Reden geduldig an, doch allmählich wurde er ärgerlich.

„Halt den Mund!" rief er. Aber die Frau witzelte weiter.

„Sei still, sonst stopf ich dir das Maul!" drohte der Riese. Als sie noch immer nicht schwieg, packte ihn die Wut. Er nahm die Elle und warf sie nach der Frau. Doch er verfehlte sie und traf den Stein. Unter der Wucht des Aufpralls sprang der Felsblock in zwei Teile. So gespalten liegt der Schneiderstein noch heute im Wald.

Die Glücksschweine der Zinnaer Mönche

Kloster Zinna in der Nähe von Jüterbog ist einst sehr reich gewesen. Ihm gehörten viele Dörfer, Felder und Wälder. Die Bauern mußten Zins zahlen und mancherlei Dienste leisten.

Aber auch die Mönche selbst bestellten ihre Äcker und hielten Vieh, sie betrieben Wind- und Wassermühlen und bauten Wein an. Die Besitzungen des Klosters lagen zum Teil weit auseinander. Das bedeutete in einer Zeit, in der man von Eisenbahn und Auto noch nichts ahnte, daß die Mönche oft lange Fußwege zurücklegen mußten, um von einem Dorf zum anderen zu kommen.

Eines Tages sollte ein Mönch ein paar Schweine aus Zinna in das Dorf Kagel bringen. Er trieb die Tiere auf der Landstraße vor sich her. Bald war die Gruppe in eine gelbliche Staubwolke gehüllt.

Gegen Mittag wurde es unerträglich heiß. Die Sonne brannte. Vergebens hielt der durstige Mönch nach einer Quelle Ausschau. Die Schweine schnüffelten auf der Suche nach Wasser im ausgetrockneten Straßengraben. Immer langsamer trotteten sie vorwärts. Schließlich legte der Mönch an der Fährstelle kurz vor Rüdersdorf eine kurze Rast ein.

Müde und mit brennenden Füßen ließ er sich im Schatten eines Baumes nieder, wischte sich den Schweiß von der Stirn und kämpfte gegen den Schlaf, der ihn übermannen wollte. Einmal war er doch für Minuten eingenickt. Als er erwachte, traute er seinen Augen nicht. War das Traum oder Wirklichkeit? In nächster Nähe hatten zwei Schweine mit ihren Rüsseln tiefe Löcher in den Boden gewühlt. Da blitzte und blinkte etwas in der Sonne. Der Mönch rieb sich die Augen, riß sie weit auf – das Glitzern blieb!

Er sprang hoch, lief zu der Stelle hin und sah vor sich einen großen golden glänzenden Klumpen. Fassungslos griff er danach, drehte den Fund in den Händen und konnte es nicht glauben – war das wirklich Gold?

Er bückte sich und wühlte mit beiden Händen im weißlichen Staub. Nach wenigen Minuten entdeckte er noch einen golden schimmernden Brocken und noch einen!

Hastig jagte er die Schweine fort, scharrte die Löcher zu, legte Steine und Gestrüpp darüber und prägte sich die Stelle genau ein.

So rasch er konnte, lieferte er die Tiere in Kagel ab und eilte ohne Pause den langen Weg zum Kloster zurück.

Als er dort eintraf, war es tiefe Nacht. Mit lautem Klopfen weckte er den Bruder Pförtner, dann die Mönche und den Abt. Aufgeregt erzählte er, was er dicht bei Rüdersdorf entdeckt hatte.

Ein großes Rätselraten begann. Alle redeten durcheinander. Schließlich einigten sie sich, das könne nur der Goldschatz sein, der einst Fürst Jaczo von Köpenick gehört habe.

Bei Sonnenaufgang brachen die Mönche mit Hacken und Schaufeln auf. Noch nie war ihnen der Weg in die Gegend von Rüdersdorf so kurz vorgekommen. Die Gier nach Gold und Reichtum beflügelte ihre Schritte.

Sie fanden auch die golden glänzenden Brocken, aber bei genauerem Hinsehen erkannten sie, daß ihre Hoffnung sie getrogen hatte. Was im grauweißen Staub glitzerte und glänzte, war kein Gold, es war gewöhnlicher Schwefelkies. Dennoch hatten sie einen Schatz gefunden – die gewaltigen Muschelkalkvorkommen von Rüdersdorf!

Die grauen Gesteinsschichten, in denen das angebliche Gold eingelagert war, bestanden überwiegend aus Kalk.

So waren die Zisterziensermönche vom Kloster Zinna die Entdecker und ersten Nutzer dieser Kalkberge. Von da an wurde jahrhundertelang und bis auf den heutigen Tag in Rüdersdorf Kalk gefördert.

Im Namen der Gerechtigkeit

Über vierhundert Jahre ist es her, da wurde der Pferdehändler Hans Kohlhase von einem Junker von Zaschwitz um seine Pferde betrogen. Weil er keinen Schadenersatz bekam, erklärte er dem Junker und ganz Sachsen den Krieg. Bald schlossen sich ihm viele Menschen an. Um Gerechtigkeit für Kohlhase zu erzwingen, überfielen sie Dörfer und Siedlungen, raubten die Fuhrwerke von Kaufleuten aus und legten Brände.

Eines Tages wurden in Kloster Zinna zwei Schmiedegesellen bei einem Diebstahl ertappt. Man verdächtigte sie, Spießgesellen von Hans Kohlhase zu sein. Der Richter hörte sich überhaupt nicht an, was die beiden zu ihrer Verteidigung vorbrachten, sondern verurteilte sie zum Tod durch Erhängen. Schon am nächsten Morgen wurde das Urteil vollstreckt.

Tags darauf baumelte an jedem der beiden Galgen nur ein abgeschnittener Strick. Kohlhase hatte sich mit seinen Getreuen nach Kloster Zinna aufgemacht und die beiden Schmiedegesellen losgeschnitten. Behutsam legte er die Toten in eine Kiste, vernagelte sie und schickte einige seiner Männer damit zum Kurfürsten nach Wittenberg. Einen Brief gab er ihnen auch noch mit auf den Weg, in dem er dem Kurfürsten seine Ungerechtigkeit und Grausamkeit vorwarf.

Am Galgen fanden die Leute am nächsten Tag ein Blatt Papier, das mit einem Messer an das Holz geheftet war. Darauf stand in lateinischer Sprache: „O ihr Menschenkinder, wenn ihr richten wollt, so richtet recht, damit ihr nicht selbst gerichtet werdet!"

Wie Jüterbog zu seinem Namen kam

An der Grenze zwischen dem Hohen und dem Niederen Fläming war eine Stadt entstanden. Schöne Fachwerkhäuser rahmten die breiten Straßen, Kirchtürme ragten empor, vor dem Rathaus herrschte reges Markttreiben, und eine feste Mauer mit Türmen und Toren schützte die Bewohner vor Überfällen.

Alles stand also zum besten. Nur eins fehlte der Stadt – sie hatte keinen Namen. Tagelang berieten die Ratsherren, machten Vorschläge und verwarfen sie wieder. Schon gab es Zank und Streit, weil jeder seinen Vorschlag für den geeignetsten hielt und ihn durchsetzen wollte. Da stand der Bürgermeister auf und hob den Arm, zum Zeichen, daß alle schweigen sollten. Er galt als kluger Mann. Deshalb hörten sie auf seinen Rat.

„Drei von uns gehen morgen früh ans Neumarkttor. Wenn es bei Sonnenaufgang geöffnet wird, halten sie Ausschau, wer als erster die Stadt betritt. Nach ihm wollen wir sie nennen!"

Die Ratsherren waren einverstanden. Schnell wurden die drei zuverlässigsten Männer ausgewählt. Gespannt warteten alle, was der neue Tag bringen würde.

In grauer Frühe bezogen die drei Ausgewählten ihren Posten. Die Wächter schlossen das Tor auf und spähten zum nahen Dorf Neumarkt hinüber. Nur aus jener Richtung konnte ja der erste auftauchen, der an diesem Morgen das Tor passierte.

Drüben in Neumarkt betrieb die Krügerin Jutta eine Schenke, in der die Fuhrleute gern einkehrten und wohl auch übernachteten, wenn sie abends von weit her kamen. Die Tür der Schenke war an diesem Morgen schon beizeiten aufgetan worden. Und dann bewegte sich etwas auf der Straße, kam näher...

Die Männer hielten die Luft an. Das durfte nicht wahr sein! Das war die Krügerin Jutta, die ihren Ziegenbock in die Stadt trieb!

Und tatsächlich betrat Juttens Bock an diesem wichtigen Tag als erster die Stadt. Da wurde sie Juttensbock genannt. Später ist daraus Jüterbog geworden. Das Stadtwappen zeigt bis heute einen schwarzen Bock auf rotem und silbernem Grund.

Ein weiser Rat

Vor ein paar hundert Jahren lebte in Jüterbog ein reicher Tuchmacher, der zwei Söhne und eine Tochter hatte. Als er alt wurde und sich zur Ruhe setzte, teilte er sein Vermögen in drei gleiche Teile und überließ es seinen Kindern.

Bald darauf stellte er sich bei seinem ältesten Sohn zu einem längeren Besuch ein. Doch dem war der greise Vater lästig. Schon nach wenigen Tagen schickte er ihn weiter zu seinem jüngeren Bruder. Der war auch nicht erfreut. Er erklärte rundheraus, er habe keine Zeit, den Barmherzigen zu spielen. Außerdem säßen an seinem Tisch ohnehin genug Esser. Als der Vater nun bei seiner Tochter anklopfte, wurde ihm zwar aufgemacht, aber Brot und Suppe gab es nicht für ihn.

Enttäuscht und verbittert kehrte der Tuchmacher nach Hause zurück. Bald darauf besorgte er sich eine große Truhe, ließ drei feste Schlösser daran anbringen, schickte jedem seiner undankbaren Kinder einen Schlüssel und schrieb sein Testament.

Darin stand, daß die drei nach seinem Tod mit ihren Familien und Freunden kommen und vor aller Augen gemeinsam die Truhe öffnen sollten.

So geschah es auch. Die Truhe war sehr schwer. Der älteste Sohn, der als erster erschienen war, konnte es kaum erwarten, daß seine Geschwister eintrafen.

Endlich war es soweit. Ein Kreis von Freunden und Bekannten, lauter rechtschaffene Leute, umstand die geheimnisvolle Truhe. Die Geschwister drehten ihre Schlüssel in den Schlössern um. Knarrend hob sich der Deckel.

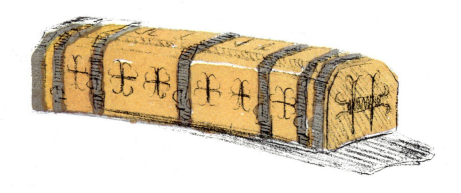

Die Truhe war bis zum Rand mit Steinen gefüllt. Obenauf lag, säuberlich von der Hand des alten Tuchmachers geschrieben, der Spruch:

„Wer seinen Kindern gibt das Brot
Und leidet nachmals selber Not,
Den schlage man mit der Keule tot."

Dieser Spruch steht noch heute in goldener Schrift auf einer Holztafel an jedem der drei Jüterboger Stadttore. Und an einer Kette hängt daneben eine Keule.

Der überlistete Bischof

Wenn man sich Jüterbog von Süden nähert, sieht man schon von weitem die gewaltige Nikolaikirche. Mit ihren zwei unterschiedlichen Türmen überragt sie die ganze Stadt.

Viele hundert Jahre ist sie alt. Und viele hundert Jahre ist es auch her, daß die Jüterboger überlegten, eine so schöne Kirche müsse auch eine besonders große, schöne Glocke bekommen.

Weil aber solche Glocken teuer waren, trugen die Bürger alles Gold und Silber herbei, das sie entbehren konnten. Daraus ließen die Ratsmänner eine Glocke gießen, die hatte einen so herrlichen Klang wie keine andere weit und breit. Wenn sie morgens läutete, blieben die Leute auf den Straßen stehen und lauschten. Läutete sie mittags, vergaßen die Hausfrauen die Suppe auf dem Herd und steckten den Kopf aus dem Fenster. Und beim Abendläuten war es, als hielte die ganze Stadt den Atem an.

Das konnte natürlich kein Geheimnis bleiben. Bald wußten die Dörfer in der Umgebung von der einmaligen Glocke. Die Kunde verbreitete sich rasch und drang schließlich bis nach Magdeburg. Dem Erzbischof wollte es nicht in den Kopf, daß die Jüterboger eine schönere Glocke haben sollten als der Dom zu Magdeburg. Er beratschlagte mit den Domherren, was zu tun sei.

Eines Tages brach er mit einem großen Gefolge auf, um sich selbst vom Klang der Wunderglocke zu überzeugen.

Den Jüterbogern schwante Schlimmes. Wenn der Klang der Glocke dem Erzbischof gefiel, wollte er sie bestimmt für Magdeburg haben. Also durfte die Glocke ihm nicht gefallen!

Eifrig überlegten sie. Dann stiegen der Türmer und noch ein paar kräftige Männer in den Turm und umwickelten den Glockenklöppel dick mit Säcken und Tüchern.

Bald darauf zog der Erzbischof mit seinem Gefolge in Jüterbog ein und befahl, die Glocke zu läuten.

Der Türmer gehorchte. Ein dumpfer Klang wälzte sich durch die Straßen und Gassen. Enttäuscht lauschte der Kirchenfürst. Dann lachte er und rief: „Wenn das der schöne Klang ist, dann mögen die Jüterboger ihre Glocke getrost behalten. Für Jüterbog ist sie gut genug."

Als er abreiste, sahen die Jüterboger dem Erzbischof lange nach, dann stiegen sie auf den Turm und wickelten den Klöppel wieder aus.

Lebendig begraben

Im Marienkloster zu Jüterbog soll es einen unterirdischen Gang gegeben haben.

Ein junges Mädchen war schwer erkrankt und drohte zu sterben. Da gelobten die Eltern, ihr einziges Kind Nonne werden zu lassen, wenn es wieder gesund würde.

Das Mädchen genas und wuchs zu einer schönen Jungfrau heran. Doch dann kam der Tag, an dem der Vater sein Gelöbnis einlöste. Alles Sträuben half nichts, das Mädchen wurde nach Jüterbog gebracht, und die Pforte des Marienklosters schloß sich hinter ihm, für immer.

Verzweifelt überlegte die junge Nonne Jahr um Jahr, wie sie fliehen könnte. Nichts machte ihr mehr Freude, sie verlernte das Lachen.

Eines Tages entdeckte sie, daß die Tür zu dem unterirdischen Gang offenstand. Schnell schlüpfte sie hinein. Dunkelheit und kalte, feuchte Luft umgaben sie. Aber in der Hoffnung, ins Freie zu gelangen, lief sie hastig weiter und weiter, tastete sich an der Wand vorwärts, stolperte, fiel hin und tappte erneut über die glitschigen Steine. Angestrengt spähte sie in die Finsternis, ob ein Lichtschein vom Ausgang her zu erkennen wäre, aber vergebens.

In ihrer Angst kehrte die Nonne um, lief ein Stück zurück, machte abermals kehrt, um es noch einmal zu versuchen, und drehte erneut um. Schließlich wußte sie nicht mehr, in welche Richtung sie lief, und verlor jedes Zeitgefühl.

Mit letzter Kraft schleppte sie sich dahin. Wie durch ein Wunder fand sie endlich die Eingangstür wieder. Schon schöpfte sie Hoffnung, glaubte sich gerettet, doch die Tür war verriegelt.

Die Nonne rüttelte an der Klinke, hämmerte mit beiden Fäusten gegen das dicke Holz. Aber niemand hörte sie. Allmählich wurde das Klopfen schwächer. Ohnmächtig sank das Mädchen neben der Tür zu Boden.

Wochen vergingen. Im Kloster glaubte man, die junge Nonne wäre geflohen, und suchte nicht länger nach ihr. Viel später fand man sie verhungert in dem selten benutzten Gang.

Daraufhin wurde der Eingang zugemauert. Niemand kann mehr sagen, wo er sich befunden hat. Vielleicht dort, wo die Wände des Klosterkellers hohl klingen, wenn man dagegen klopft.

Der Schmied von Jüterbog

Dicht vor dem Neumarkttor in Jüterbog lag eine Schmiede. Sie gehörte einem fleißigen, rechtschaffenen Meister.

Eines Abends klopfte ein Fremder an seine Tür und bat um ein Nachtquartier. Der Schmied zögerte nicht lange, ließ den Mann ein, bewirtete ihn und bot ihm die Ofenbank zum Schlafen an.

Am anderen Morgen bedankte sich der Gast. Aber bevor er sich verabschiedete, sagte er zu dem Schmied: „Als Lohn für deine Hilfsbereitschaft hast du drei Wünsche frei!"

Der Schmied überlegte. Sein Blick fiel auf den alten Lehnsessel, der neben dem Ofen stand und in dem er sich oft am Feierabend ausruhte. Da wünschte sich der Schmied, daß jeder, der sich auf diesen Sessel setzte, erst wieder aufstehen dürfe, wenn er es ihm erlaube.

Als zweites wünschte er sich, daß, wer auf den großen Apfelbaum im Garten klettere, dort oben sitzenbleiben müsse, bis er ihm erlaube, herunterzukommen.

Und der dritte Wunsch hieß, wer in den Kohlensack gerate, dürfe ihn nicht wieder verlassen, bevor der Schmied es wolle.

Der Fremde hörte sich die merkwürdigen Wünsche aufmerksam an, nickte und zog fort.

Ein paar Monate vergingen. Der Schmied hatte den Besuch schon fast vergessen, da stand an einem stürmischen Winterabend der Tod vor der Tür, begehrte Einlaß und wollte den Meister holen.

„Wenn es sein muß", sagte der Schmied, „werde ich mitkommen. Setz dich in den Sessel beim Ofen und wärme dich, bis ich mich für die Reise vorbereitet habe!"

Das tat der Tod. Doch als er wieder aufstehen wollte, hielt der Sessel ihn fest. Er stemmte sich gegen die Lehne und versuchte mit aller Kraft hochzukommen, aber vergebens.

Der Schmied sah den erfolglosen Anstrengungen eine Weile zu. Dann schlug er dem Knochenmann vor, er möge ihn noch zehn Jahre leben lassen. Dem Tod blieb keine andere Wahl. Er versprach, nach zehn Jahren wiederzukommen. Nun erlaubte ihm der Schmied aufzustehen, und der Tod machte sich schleunigst davon.

Der Schmied freute sich seiner Tage, arbeitete und war guter Dinge. Schnell verging ein Jahr nach dem anderen. Und dann stand der Tod abermals vor der Tür. Um nicht wieder auf den Ofensessel zu geraten, kam er diesmal schon im Spätsommer.

Der Schmied schlug ihm vor, auf den Apfelbaum zu klettern und sich ein paar Äpfel als Reiseproviant zu pflücken. Er werde inzwischen das Schmiedefeuer löschen.

Kaum saß der Tod auf dem Baum, liefen die Schmiedegesellen mit langen Eisenstangen in den Garten und schlugen aus

Leibeskräften auf den Wehrlosen ein. Vergebens schrie er und versuchte den Schlägen auszuweichen, der Baum hielt ihn fest. Schließlich verlegte er sich aufs Bitten und versprach, nie wiederzukommen. Der Schmied schickte die Gesellen zurück an ihre Arbeit und erlaubte dem Tod, vom Baum herunterzuklettern.

Stöhnend und mit schmerzverzerrtem Gesicht humpelte der Tod aus Jüterbog hinaus. Unterwegs begegnete er dem Teufel. Der erkundigte sich neugierig, was denn passiert sei. Als er von dem Mißgeschick des andern hörte, versprach er, dem Schmied eins auszuwischen. Er ließe sich von ihm bestimmt nicht übertölpeln!

Es wurde Nacht, bis der Teufel vor der Schmiede eintraf. Er klopfte kräftig an die Tür und rief nach dem Schmied. Aber der hatte ihn schon gehört, als er die Straße entlangkam. Das Klappern des Pferdefußes hatte den Teufel verraten!

Also sagte der Schmied, zu nächtlicher Stunde mache er die Tür nicht auf. Wenn der späte Besucher hereinwolle, müsse er durchs Schlüsselloch schlüpfen.

Der schlaue Schmied hielt von innen den offenen Kohlensack davor. Und tatsächlich landete der Teufel in dem Sack.

Schnell band der Schmied ihn zu und schleppte ihn auf den Amboß. Die Gesellen standen schon bereit. Sie holten mit den schweren Schmiedehämmern aus und schlugen kräftig auf den Sack ein. Alles Jammern und Flehen half dem Teufel nichts. Erst als den Gesellen die Arme müde wurden, ließen sie die Hämmer sinken.

Der Schmied hielt den Sack abermals ans Schlüsselloch, und der Teufel schlüpfte, so schnell er konnte, wieder nach draußen. Bis weit hinter Jüterbog soll er heulend geflohen sein, ohne sich auch nur einmal umzudrehen.

Der Schmied hat noch lange Jahre unbehelligt gelebt und sein Handwerk betrieben.

Das Steinkreuz von Neumarkt

Eins der Stadttore in Jüterbog ist das Neumarkttor. Es heißt so, weil hier die Straße nach Neumarkt führt, einem Dorf in der Nähe der Stadt, das inzwischen längst nach Jüterbog eingemeindet ist. Auf einer Böschung dicht an der Straße ragt ein Steinkreuz ungefähr einen halben Meter hoch aus der Erde.

In alter Zeit hatte dort ein Schmied sein Anwesen. Damals stand das Kreuz dicht an der Toreinfahrt und war auch noch nicht so tief in den Boden gesunken.

Einmal wollte ein Bauer einen Bullen von Neumarkt nach Jüterbog auf den Markt bringen. Als er ihn an der Schmiede vorbeitrieb, hat der Bulle das Steinkreuz umgerannt.

Zunächst war der Schmied ärgerlich. Weil aber keiner recht wußte, was es mit dem Kreuz für eine Bewandtnis hatte, beschloß er, es nicht wieder an der alten Stelle aufzurichten,

sondern ein Stück weiter vom Haus entfernt. So störte es nicht, wenn ein Fuhrwerk in den Hof fahren wollte.

Gesagt, getan. Schon am nächsten Tag stand das Steinkreuz an seinem neuen Platz.

In der Nacht darauf erwachte der Schmied von einem unheimlichen Poltern. Verschlafen schob er den Vorhang beiseite und schaute aus dem Fenster. Da lag dort, wo das Steinkreuz gestanden hatte, ein riesiger weißer Hund, reckte die Schnauze in die Höhe und heulte. Das langgezogene Jaulen klang schauerlich. Der Schmied rief das Tier an, versuchte es wegzulocken, doch der Hund wich nicht vom Fleck. Auch Drohungen konnten ihn nicht verjagen.

Schließlich kroch der Schmied wieder ins Bett und hoffte, der Störenfried würde von selbst weggehen. Er hatte sich jedoch getäuscht. Nacht für Nacht lag der Hund an derselben Stelle.

Endlich grub der Schmied das Steinkreuz aus und setzte es wieder an seinen ursprünglichen Platz. Da verschwand der Hund und wurde nie mehr gesehen.

Die sieben Schatzheber

Wenn man von Niedergörsdorf nach Kaltenborn geht, kommt man bald hinter Niedergörsdorf durch den Kesselgrund. In ferner Vergangenheit soll hier ein Dorf gestanden haben. Davon ist längst nichts mehr zu finden. Nur ein Tümpel mitten in einer Wiese bezeichnet den Ort.

An der tiefsten Stelle des Tümpels soll eine Truhe mit einem Schatz liegen. Aber nicht jeder kann ihn heben, und er kann auch nur bei Neumond genau um Mitternacht gehoben werden. Sieben Burschen müssen zusammen ans Werk gehen. Natürlich darf keiner bei der Schatzsuche ein Wort reden. Das größte Problem aber ist – die Burschen müssen alle Hans heißen.

Mehr als einmal haben sich die Hänse der umliegenden Dörfer zusammengetan. Aber nie wurden es sieben.

Einmal saßen sechs Hänse im Dorfkrug von Niedergörsdorf und überlegten, wo sie noch einen Hans auftreiben könnten. Sie stammten aus Dennewitz, aus Rohrbeck, aus Malterhausen und aus Oehna; einer war aus Kaltenborn gekommen, und der sechste war Niedergörsdorfer.

Am Nebentisch wurden ein paar Bauern auf die Burschen aufmerksam, hörten ihnen zu. Dann mischte einer sich in ihr Gespräch. Er hatte einen Vetter in Jüterbog, einen Böttcher, dessen Geselle hieß Hans.

Schon am nächsten Morgen machten die sechs Hänse sich auf und fanden tatsächlich in einem Haus am Dammtor den Böttcher und seinen Gesellen. Sie brauchten ihm nicht lange zuzureden. Schnell war er bereit, sich an der Schatzsuche zu beteiligen. Mehr noch, er wollte gleich den Anführer machen. Die sechs Hänse waren es zufrieden.

Nun ging es ans Vorbereiten. Bis zum nächsten Neumond lag alles bereit – dicke Seile waren aneinandergeknotet, und ein kräftiger Eisenhaken war an einem Ende befestigt.

Immer wieder überlegten die Burschen, ob sie auch alles bedacht hätten, und ermahnten sich gegenseitig, kein Wort zu sagen.

Dann kam der Abend, an dem sie gemeinsam in den Kesselgrund wanderten. Der siebente Hans legte warnend den Finger auf den Mund, dann setzten die Schatzsucher sich an den Rand des Tümpels und warteten schweigend, bis die Kirchturmuhr in Niedergörsdorf Mitternacht schlug.

Die Hänse schauten einander bedeutungsvoll an und hoben noch einmal den Finger zum Mund.

Dann ließen sie das zusammengeknotete Seil ins Wasser. Es dauerte eine ganze Weile, bis sie spürten, daß der Haken den Grund erreicht hatte. Behutsam bewegten sie das Seil hin und her. Plötzlich gab es einen Ruck. Der Haken hatte die Schatztruhe gefaßt!

Die sechs Hänse spuckten in die Hände, ihre Finger schlossen sich fest um das Seil. Nur der siebente packte nicht mit an. Schließlich war er ja der Anführer. Mit hocherhobenem Arm stand er da und wartete, bis das Seil sich straffte. Dann senkte er den Arm und gab damit das verabredete Zeichen.

Die Hänse zogen aus Leibeskräften.

Der siebente Hans gab mit dem Arm den Takt an, in dem sie zogen.

Allmählich, ganz allmählich hob sich die Truhe vom Grund des Tümpels. Schon tauchte der Metalldeckel dicht unter der Wasseroberfläche auf. Die Erregung der Hänse wurde immer größer. Gleich hatten sie's geschafft!

Aber da vergaß sich der siebente Hans. „Hau ruck!" schrie er.

Im selben Augenblick riß das Seil, und die Schatztruhe verschwand im schwarzen Wasser, als hätte es sie nie gegeben.

Seither haben sich keine sieben Hänse mehr zu einem neuen Versuch im Kesselgrund zusammengefunden.

Der Schatz im Golm

Zwischen Petkus und Stülpe erhebt sich der höchste Berg des Niederen Flämings, der Golm. Tief in seinem Innern liegt seit Jahrhunderten ein Schatz. Viele haben schon vergeblich versucht, ihn zu heben. Bald dreihundert Jahre ist es her, da wäre es einem Wagemutigen fast gelungen. Denn nur alle dreihundert Jahre tut sich oben am Berghang ein Loch auf. Schaut man in das Loch hinein, sieht man es ganz unten am Grunde blitzen und blinken. Dort türmt sich in einer offenen Truhe das Gold.

Der Mann, der den Reichtum ans Tageslicht zu holen versuchte, hatte sich gut vorbereitet. Leitern, Seile und eine Winde hatte er auf den Berg geschafft, zwei kräftige Helfer mitgebracht und ihnen einen guten Lohn und einen Anteil am Schatz versprochen.

Bei Sonnenaufgang machten die drei sich ans Werk. Genau über dem Loch errichteten sie ein Gerüst für die Seilwinde. Sie keuchten und schwitzten vor Anstrengung. Aber kein Sterbenswörtchen kam über ihre Lippen. In einer alten Chronik heißt es nämlich, daß das Gold versinkt, sobald ein Schatzsucher das Schweigen bricht.

Als das Gerüst stand, ließen die Männer aneinandergebundene Leitern in den Schacht hinab. Der Anführer stieg nach unten, befestigte das Seil an der Truhe und kletterte wieder herauf. Nun versuchten die drei die Winde zu drehen. Knarrend bewegte sie sich Zentimeter um Zentimeter. Das Seil straffte sich. Aber dann ging es nicht weiter. Die Truhe war zu schwer. Sie rührte sich nicht von der Stelle.

Sie stemmten die Füße gegen den Boden und mühten sich mit aller Kraft, die Winde in Bewegung zu setzen. Das Seil spannte sich, als wollte es im nächsten Augenblick reißen. Endlich hob sich die Truhe ein winziges Stück. Doch das Gerüst schwankte, das Holz knackte und knisterte bedrohlich. Der Anführer blickte nach oben und sah voller Entsetzen, wie der Querbalken sich unter der Last bog und splitterte.

„Das Gerüst bricht!" schrie er in panischem Schrecken.

Da polterte und dröhnte es im Berg. Ehe die drei begriffen, was geschah, riß das Seil, und das Loch verschwand. Nur das ausgefranste Seilende baumelte noch eine Weile hin und her.

Der Schatz im Golm wartet noch immer darauf, daß einer kommt und ihn hebt.

Das verschlafene Glück

Am Fuße des Golms lebte der Bauer Sieke. Er bestellte fleißig seine Felder, versorgte sein Vieh und hätte allen Grund gehabt, zufrieden zu sein. Seine Arbeit brachte ihm zwar keine Reichtümer, aber ein sicheres Auskommen.

Trotzdem war Sieke unzufrieden. In nächster Nähe, im Golm, lag ein Schatz, den er nur zu gern gehoben hätte. Doch von seinem Vater und von seinem Großvater wußte er, daß es unmöglich war, weil Geister in der Tiefe des Berges das Gold bewachten.

Hin und wieder kamen Leute von weit her mit Hacken und Spaten und meinten, sie könnten den Schatz heben. Jedesmal beobachtete Sieke die Fremden mißtrauisch, denn im stillen fürchtete er, jemand könnte das begehrte Gold wegholen und er hätte das Nachsehen. Aber bisher waren alle unverrichteterdinge wieder abgezogen.

Eines Tages klopfte ein blinder Alter an Siekes Tür. Im ersten Augenblick glaubte der Bauer, es wäre ein Bettler.

Aber der Greis wollte von Sieke keine Almosen, er wollte Hilfe. Er behauptete zu wissen, wie der Schatz zu heben sei.

„Man muß es nur richtig anfangen!" erklärte er.

Beim nächsten Neumond wollte er die Geister durch einen Zauberspruch zwingen, alles Gold aus der Tiefe des Berges in Siekes Scheune zu bringen. Das werde drei Tage und drei Nächte dauern. Während der Blinde die Geister beschwor, sollte Sieke im Haus Wache halten und sich nicht von der Stelle rühren. Aber einschlafen dürfe er nicht.

Wenn alles Gold in der Scheune war und nichts mehr in den Körben der Geister klirrte und klapperte, wollte der Alte Sieke ein Zeichen geben. Dann mußte der Bauer um den Golm herumlaufen und von der anderen Seite des Berges einen ganz bestimmten Stein holen. Mit Hilfe dieses Steins sollten die Geister in das Innere des Berges zurückgezwungen werden. Der Blinde beschrieb den Stein so genau, daß Sieke ihn nicht verfehlen konnte. Und weil er dem Bauern einen gehörigen Anteil des Goldes versprach, erklärte Sieke sich einverstanden. Drei Tage und drei Nächte zu wachen und dann noch einen Stein zu holen, das konnte so schwer nicht sein!

Eine Voraussetzung nannte der Blinde allerdings noch – die Neumondnacht mußte sternklar sein.

Abend für Abend beobachtete Sieke nun den abnehmenden Mond und jedes heraufziehende Wölkchen.

Endlich war es soweit. Die Sterne flimmerten am dunklen Himmel. Der Alte ermahnte Sieke noch einmal, nicht einzuschlafen und das Haus nicht zu verlassen, bis alles Gold in der Scheune sei. Dann stieg er zum Golm hinauf. Eine Weile hörte Sieke noch, wie er Beschwörungen murmelte und seine Schritte sich langsam entfernten.

Der Bauer wartete gespannt und lauschte. Es dauerte nicht lange, da hörte er trippelnde Schritte, hörte das Klirren des Goldes in den Kiepen der kleinen Geister und wie sie die Schätze in der Scheune auf den Boden schütteten.

Zwei Tage und drei Nächte hindurch beobachtete Sieke ein ständiges Kommen und Gehen. In der Scheune mußten sich schon regelrechte Goldberge türmen! Zufrieden und voller Vorfreude rieb sich der Bauer die Hände. Noch einen Tag wachen, dann den Stein holen – und er wäre ein reicher Mann!

Doch seine Müdigkeit wurde immer größer. Nur mit Mühe konnte Sieke die Augen offenhalten. Mit beiden Fäusten rieb er sich die Lider, stand auf, lief in der Stube hin und her und versuchte verzweifelt, wach zu bleiben.

Immer wieder trat er ans Fenster und hielt nach dem Blinden Ausschau. Endlich sah er das ersehnte Zeichen – ein großes Tuch, das an einem Ast wehte.

Sieke brach sofort auf. Die frische Luft und die Aussicht auf den nahen Reichtum beflügelten seine Schritte. Aber der Weg schien endlos zu sein. Siekes Beine wurden schwerer und schwerer, er stolperte, fiel hin und blieb liegen. Der Schlaf hatte ihn überwältigt.

Als er nach einer ganzen Weile aufwachte, erschrak er, denn er konnte die verlorene Zeit nicht mehr aufholen. Hastig überlegte er, was er tun könnte, um den Schatz noch zu retten. Da sah er wenige Meter vor sich einen Stein liegen, der ungefähr so aussah wie der, den er holen sollte. Wenn er den nähme, anstatt weiterzulaufen, käme er vielleicht noch pünktlich. Der Blinde würde bestimmt nichts merken!

Sieke hob den Stein auf und rannte zurück.

In der Scheune konnte der Alte die Geister kaum noch in Schach halten, die ihr Gold wieder in den Berg schaffen wollten. Als Sieke ihm den Stein in die ausgestreckte Hand legte, stieß der Blinde einen wilden Fluch aus, verwünschte den Bauern, der sich nicht genug gegen die Müdigkeit gewehrt hatte, und warf ihm zornig den falschen Stein vor die Füße.

Sieke hörte ein höhnisches Kichern. Die Geister spürten, daß sie von dem Bann befreit waren. Sie füllten Kiepen und Körbe mit dem Schatz und eilten den Golm hinauf.

Der Alte verschwand auf Nimmerwiedersehen, und Sieke ging an sein Tagewerk zurück.

Die Lüchtermännchen

In dunklen Nächten kann man über den sumpfigen Wiesen zu Füßen des Golms kleine Lichter schweben und tanzen sehen. Die meisten Menschen glauben, das wären Irrlichter, kleine Flämmchen, wie sie über vielen Mooren und Sumpflandschaften flackern.

Ein Pechbrenner, der vor langer Zeit am Golm seine Hütte hatte, wußte es besser: Die Lüchtermännchen waren das! Mehr als einmal hatten sie ihn sicher nach Hause geführt.

Angefangen hatte alles in einer stockfinsteren Nacht. Der Pechbrenner besuchte einen alten Freund in Stülpe. Die beiden kamen ins Plaudern und bemerkten gar nicht, wie es spät und später wurde. Als der Pechbrenner endlich aufbrechen wollte, bot sein Freund ihm ein Nachtlager an. Doch er lehnte ab, mußte er doch sein Tagewerk bei Sonnenaufgang beginnen! Auch die

Laterne, die er mitnehmen sollte, wies er zurück. Er kannte den Weg und würde ihn auch nachts finden.

Schnell ging er die Dorfstraße hinunter bis zum letzten Haus. Durch die Wiesen kam er langsamer vorwärts, denn jetzt mußte er aufpassen, daß er nicht in den Sumpf geriet.

Plötzlich schwebten von allen Seiten kleine leuchtende Gestalten auf ihn zu, umtanzten ihn, wichen aus und glitten erneut heran, als wollten sie ihn vom Weg locken. Aber weil der Pechbrenner stets hilfsbereit war und niemandem etwas Böses tat, traute er auch den kleinen Wesen nichts Schlechtes zu, sondern glaubte, das sei ihr Spiel. Unbekümmert ging er weiter.

Auf einmal spürte er, wie der Boden unter seinen Schuhen nachgab. Er blieb stehen und wartete, bis die Lüchtermännchen wieder näher kamen. Es dauerte nicht lange, da tauchte eins dicht neben ihm auf.

„Lüchtermännchen, leuchte mir!" rief er.

Der kleine Kerl schwebte noch näher heran und fragte: „Was gibst du mir dafür?"

Der Pechbrenner konnte das Männchen jetzt deutlich erkennen. Es schimmerte bläulich und zitterte wie ein Flämmchen.

„Einen Dreier kannst du dir verdienen", schlug er vor.

Im nächsten Augenblick tanzte das Lüchtermännchen vor ihm her. Rechts und links tauchten seine Gesellen auf, haschten einander, umkreisten den Pechbrenner und gaben ihm das Geleit. Sicher gelangte er durch den Sumpf und zu seiner Hütte am Golm.

Dort sagte sein Helfer: „Jetzt gib mir meinen Lohn", und streckte ihm die Hand entgegen.

Fast hätte der Pechbrenner ihm den Dreier hineingelegt. Doch im letzten Moment zuckte er zurück. Er schnitt einen Zweig von einem Strauch, spaltete ein Ende mit dem Messer, schob das Geldstück in den Schlitz und hielt es so dem Kleinen hin.

„Danke, Lüchtermännchen!" sagte er. „Wenn ich das nächste Mal deine Hilfe brauche, rufe ich dich wieder."

Das Zweiglein hat der Pechbrenner zur Erinnerung aufbewahrt. Es war an dem gespaltenen Ende von der Hand des Lüchtermännchens ganz versengt.

Bestrafte Neugier

Ein paar kleine Erhebungen in der Nähe von Petkus heißen die Zwergenberge. Nicht weil sie so winzig sind, sondern weil dort früher Zwerge gehaust haben sollen.

Hilfsbereit und freundlich waren die kleinen Kerle! Oft haben sie den Menschen sogar bei der Arbeit geholfen.

Eines Tages erschien im Wald dicht bei den Zwergenbergen ein Holzfäller, ein armer und redlicher Mann. Ohne sich lange umzusehen, griff er zur Axt und fällte einen Baum nach dem anderen. Zur Mittagszeit richtete er sich auf, reckte den Rücken und holte tief Luft. Dann spuckte er in die Hände und arbeitete ohne Pause weiter. Bei Einbruch der Dämmerung ging er todmüde nach Hause und hatte dennoch nur eine schmale Schneise in den Wald geschlagen.

Als er bald nach Tagesanbruch wiederkam, um seine Arbeit fortzusetzen, wollte er seinen Augen nicht trauen. Der ausgeholzte Streifen war über Nacht doppelt so breit geworden. Die gefällten Stämme lagen entästet, zurechtgeschnitten und sauber gestapelt am Waldrand.

Eine Weile staunte und grübelte der Mann. Doch weil das zu nichts führte, ließ er es bald sein, freute sich einfach und griff zur Axt.

Abends sah er sich zufrieden an, was er geschafft hatte, und machte sich müde auf den Heimweg.

Am nächsten Morgen stapelten sich abermals frischgeschlagene Stämme am Waldrand. Und wieder war das abgeholzte Waldstück über Nacht größer geworden.

Nachdenklich schüttelte der Holzfäller den Kopf. Er konnte sich nicht erklären, wer seine heimlichen Helfer waren. Am

Abend suchte er Reisig zusammen, zündete ein Feuer an, setzte sich daneben und wartete. Mühsam hielt er sich wach, um nichts zu verpassen. Ein paarmal nickte er trotzdem ein. Aber beim leisesten Knacken fuhr er jedesmal aus dem Schlaf auf, rieb sich die Augen und spähte in die Dunkelheit. Seine Neugier wuchs von Stunde zu Stunde, doch die nächtlichen Gehilfen blieben aus. So mußte der Mann am anderen Morgen da mit der Arbeit anfangen, wo er aufgehört hatte.

Die Zwerge, die mit ihrer Hilfe seinen Fleiß belohnt hatten, bestraften nun seine Neugier. Sie kamen nie wieder, und der Mann mußte die Bäume künftig allein fällen.

Der Dank der Zwerge

Ein lustiges Völkchen waren die Zwerge, die in den Bergen bei Petkus ihre Schätze bewachten. Tief in der Erde versteckt lagen Gold und Geschmeide. Weil aber kein Mensch aus den nahen Dörfern je versucht hatte, die Reichtümer zu finden, fühlten die kleinen Kerle sich sicher und ließen sich dann und wann sogar sehen. Ihre bunten Zipfelmützen waren schon von weitem zu erkennen. Wenn die Zwerge singend am Berghang tanzten, wackelten die Mützen und die langen Bärte um die Wette.

Einmal pflügten einige Bauern in der Nähe ihre Felder. Als sie das Singen der kleinen Gesellen hörten, ließen sie die Pflüge stehen, gingen näher an den Berghang heran und schauten dem munteren Reigen zu.

Die Zwerge kümmerten sich nicht darum. In einem fort sangen sie: „Heute sau'r ick, morgen back ick!"

Da rief einer der Männer ihnen zu: „Dann schenkt uns auch ein Stück Kuchen!"

Die Zwerge schienen nichts zu hören. Sie sangen weiter und entfernten sich allmählich.

Die Bauern gingen zu ihren Äckern zurück und pflügten bis zum Abend. Bevor sie ins Dorf aufbrachen, stellten sie ihre Pflüge am Feldrand ab.

Am anderen Morgen staunten sie nicht schlecht. Da hing an dem Pflug, der den Zwergenbergen am nächsten stand, eine große Kiepe mit duftendem, frischem Kuchen! Das war der Dank der Zwerge, weil die Menschen ihren Frieden nicht gestört hatten.

Der Mordgrund bei Sernow

Nicht weit von Sernow, in Richtung Nonnendorf, bildet die Landschaft eine Mulde. Früher war dort Wald. Dichtes Unterholz wucherte zwischen hohen Bäumen. Kein Weg und keine Straße führten hindurch. Ortsfremde mieden das unübersichtliche Gelände.

Die Sernower dagegen kannten sich hier aus wie in ihrem eigenen Garten. Seit eh und je waren sie in diesen Wald gegangen, um Beeren und Pilze zu sammeln.

Als im Dreißigjährigen Krieg herumziehende Heerhaufen die Felder verwüsteten und das Vieh aus den Ställen trieben, war die Not in den Dörfern groß. Wer sich den plündernden Soldaten entgegenstellte, wurde niedergeschlagen oder erstochen.

Das war in Sernow so wie überall. In ihrer Verzweiflung versuchten die Menschen wenigstens das nackte Leben zu retten. Der Wald wurde zu ihrer Zufluchtsstätte. Jedesmal wenn Rauchwolken am Horizont aufstiegen und verkündeten, daß ein Nachbardorf in Flammen stand, wenn heranrückende Soldaten den Staub auf den Straßen aufwirbelten, griffen die Sernower nach einem Bündel mit der nötigsten Habe, nahmen die Kinder an die Hand und rannten in den nahen Wald.

Oft saßen sie viele Tage und Nächte im dichten Unterholz und wagten kaum zu flüstern, aus Angst, entdeckt zu werden.

Alle paar Stunden kroch einer der Männer vorsichtig an den Waldrand, um Ausschau zu halten. Erst wenn nichts mehr auf eine Gefahr hindeutete, wagten die Leute sich ins Dorf zurück.

Einmal war es, als wollten die Soldaten überhaupt nicht wieder aus Sernow abziehen. Tag um Tag verging. Und immer wieder kamen die Späher ins Versteck zurückgeschlichen, legten den Finger auf den Mund, zum Zeichen, daß nur geflüstert werden durfte, und die Leute warteten weiter.

Eines Morgens hielt eine junge Frau die Langeweile und das Stillsitzen im Dickicht nicht länger aus. Nur einen Blick wollte sie auf das Dorf werfen! Doch ausgerechnet als sie mit ihrem roten Rock den Waldrand erreichte, zog ein Trupp Soldaten in nächster Nähe vorbei. Ehe die Frau sich hinter einen Strauch flüchten konnte, wurde sie bemerkt.

Die Soldaten drangen lärmend in das Dickicht ein und entdeckten das Versteck der Dorfbewohner. Blindwütig schlugen und stachen sie auf die Sernower ein. Nicht einer von ihnen überlebte das Gemetzel. Noch heute wird die Mulde „Mordgrund" genannt.

Der vereitelte Pferdediebstahl

Als Napoleons Heer 1812 gegen Rußland zog, kamen französische Soldaten auch nach Borgisdorf. Da sie einen langen Marsch hinter sich hatten und es ohnehin bald Abend war, beschlossen sie, hier zu biwakieren.

Der Wirtschaftshof des Pfarrhauses verwandelte sich in kurzer Zeit in einen Lagerplatz. Die Pferde wurden in einem Winkel abgesattelt, angebunden und gefüttert. Bald brannte ein Feuer, und die Eßnäpfe klapperten.

Während einige Franzosen sich im Lager zu schaffen machten, sahen die anderen sich im Dorf um, beschlagnahmten, was sie brauchen konnten, fingen ein paar Hühner für den Suppentopf ein und plünderten die Vorratskammern der Bauern.

Auf einer Seite des Pfarrhofs befand sich ein langgestreckter zweistöckiger Fachwerkstall mit einer überstehenden Galerie, zu der eine ausgetretene Holztreppe hinaufführte.

Im Stall standen wohlgenährte, ausgeruhte Pferde. Sobald die Franzosen sie entdeckten, holten sie die Tiere auf den Hof heraus und banden sie dicht neben den Armeepferden am Zaun an, um sie am nächsten Morgen mitzunehmen.

Untätig mußte der Knecht Johann zusehen. Was hätte er allein auch gegen die Soldaten ausrichten können? Wütend ballte er die Fäuste und beobachtete von der offenen Stalltür aus das Lager.

Als die Nacht hereinbrach, drang der Lichtschein des Lagerfeuers nicht bis zu den gestohlenen Pferden. Da schlich sich Johann im Schatten der Hauswand zu ihnen hinüber.

Die Soldaten saßen in Gruppen zusammen, würfelten, sangen und prahlten mit ihren Abenteuern. Die Becher wurden immer aufs neue geleert, die Stimmen wurden lauter und heiserer. Auf die Pferde achtete keiner.

Johann hatte sie unbemerkt erreicht. Er klopfte den aufgeregten Tieren den Hals, zog eins nach dem anderen am Zügel hinter sich her und drängte sie in den Schatten des Pfarrhauses. Behutsam führte er sie Stufe um Stufe zur Galerie des Stalls hinauf. Die Holztreppe knarrte unter der ungewohnten Last. Die Pferde sträubten sich, und Johann mußte immer wieder stehenbleiben, damit sie sich beruhigten. Es war ein hartes Stück Arbeit, bis der Knecht auch das letzte Tier auf dem Heuboden untergebracht hatte.

Doch kaum war er wieder auf den Hof heruntergeschlichen, fingen die Pferde im Obergeschoß an, laut zu wiehern, und verrieten das Versteck. Die Franzosen wurden aufmerksam, begriffen, was geschehen war, und holten die Tiere schimpfend und lärmend wieder herunter.

Nun wartete Johann, bis das Feuer niedergebrannt war und die Soldaten fest schliefen. Dann schlich er sich abermals zu den Pferden. Diesmal hatte er ein großes Bündel Säcke unter dem Arm. Damit umwickelte er ihnen die Mäuler und auch die Hufe. So konnten sie geräuschlos über das Hofpflaster laufen. Und mit dem verräterischen Wiehern war es aus.

Noch einmal warf er einen Blick auf die schlafenden Franzosen. Dann zog er an der Leine, mit der er die Pferde aneinandergekoppelt hatte, und verschwand mit ihnen lautlos in der nächtlichen Finsternis.

Der Kobold in Reinsdorf

Großmutter Lehmann hat die Geschichte von ihrer Urgroßmutter gehört, und die hat sie angeblich selbst erlebt. Das war vor über hundert Jahren. Damals haben die Junkers in Reinsdorf einen Kobold gehabt, einen Kobbelik, wie man im Fläming sagt.

Der Glaube an solche Hausgeister war in alten Zeiten sehr verbreitet. Hatte ein Bauer Glück, gedieh sein Vieh und brachten die Felder reiche Ernte, so hieß es: „Er hat einen guten Kobbelik!" War er dagegen vom Pech verfolgt, erkrankte das Vieh, vernichtete der Regen die Ernte, platzten die Kornsäcke in der Scheune, dann meinten die Leute, ein böser Kobbelik wäre daran schuld.

Die einen stellten sich den Hausgeist als kleines Männchen mit roter Zipfelmütze vor, die anderen glaubten, er nähme Tiergestalt an. Besonders häufig soll er als schwarze Henne aufgetreten sein.

Solch ein Kobold hat natürlich auch allerhand Schabernack getrieben. Um ihn friedlich zu stimmen, stellte die Hausfrau ihm täglich eine Schüssel mit seinem Leibgericht in einen Winkel. Meistens waren das Klöße. Wer die Schüssel leergeputzt hat, der Hofhund, die Hühner? Das weiß keiner genau.

Die Junkers in Reinsdorf sollen so einen Kobbelik gehabt haben. Als Urgroßmutter Lehmann noch ein junges Mädchen war, ging sie an den Winterabenden zu den Junkers in die Spinnstube. Da saßen die Frauen und Mädchen aus der Nachbarschaft zusammen. Sie sangen und erzählten, während die Spinnräder schnurrten.

Eines Abends sprang plötzlich die Küchentür auf, und eine schwarze Henne kam in die Stube.

„Tuck, tuck, tuck", gackerte sie in einem fort, „was soll ich holen?"

Junkers Mutter rief unwirsch: „Hol doch Saudreck!"

Der Kobold hörte auf zu gackern und lief hinaus.

Als später eins der Mädchen in die Küche ging, entdeckte es, daß der Kobold wirklich lauter Saudreck herbeigebracht hatte.

Und das nur, weil die Hausfrau ihn ärgerlich weggeschickt hatte, anstatt ihm zu sagen, er solle sich die süßen Klöße aus dem Napf im Hausflur nehmen.

Der alte Dorfbrunnen

Der Fläming ist ein Landstrich mit wenig Wasser. Es gibt kaum Bäche und nur drei kleine Flüsse. Im Niederen Fläming liegt der Grundwasserspiegel überall achtzig bis hundert Meter tief. Deshalb war der Bau eines Dorfbrunnens in alter Zeit eine schwere Arbeit. Weil dieser Brunnen aber gewöhnlich die einzige Wasserstelle für den ganzen Ort war, hing von ihm das Leben der Menschen und Tiere ab.

In Reinsdorf ist jahrelang an einem Brunnen gebaut worden. Der Schacht, den die Bauern in die Erde trieben, stürzte immer wieder in sich zusammen. Sand und Steine rutschten nach, und das Wasser mußte weiter mühsam aus dem Nachbardorf geholt werden.

Da ließ man Bergleute kommen. Sie verschalten den Brunnenschacht und trafen endlich in achtzig Meter Tiefe auf Wasser.

Reinsdorf feierte ein Freudenfest. Von nun an konnte jeder so viel Wasser aus dem Brunnen schöpfen, wie er wollte. Er brauchte nur den Eimer mit der Winde hinunterzulassen.

Im Dreißigjährigen Krieg wurde der Ort verwüstet. Nicht ein Haus, nicht ein Stall blieb verschont. Als der Krieg zu Ende war, gab es Reinsdorf nicht mehr. Nur die vier Wände der ausgebrannten Feldsteinkirche bezeichneten die Stelle, an der das Dorf gestanden hatte.

Eines Tages mitten im Sommer suchten sich vier heimkehrende Soldaten einen Weg durch die verunkrauteten Felder. Müde und durstig stolperten sie vorwärts. Ihre Stiefel und ihre Uniformen waren zerschlissen. Die Gesichter waren unter dichten Bärten kaum zu erkennen.

Und dann standen die vier ratlos vor dem, was von ihrem Heimatdorf übriggeblieben war. Alle Hoffnungen auf ein Dach über dem Kopf, auf ein Stück Brot und ein Bett waren zunichte.

Der quälende Durst machte ihnen am meisten zu schaffen. Deshalb fingen sie an, nach dem alten Dorfbrunnen zu suchen. Sie schoben Steine und Sand beiseite, fanden aber nichts, gingen zu einer anderen Stelle und scharrten Mauerreste fort. Wieder vergeblich.

Die Männer setzten sich mutlos bei der Kirche ins Gras. Plötzlich hörten sie leise Schritte hinter der Mauer. Sie sahen gespannt auf die Türöffnung und wagten nicht, sich zu rühren.

War es Traum, war es Wirklichkeit? Eine Frau trat zögernd aus dem Mauerschatten und kam näher. Sie starrte die Männer unverwandt an.

„Vetter Heinrich?" fragte sie leise und mit zitternder Stimme. „Bruder Gottlob?"

Da erst erkannten die Männer in ihr Anne. Als einziger Mensch hatte sie in Reinsdorf überlebt.

In der Kirchenruine hatte sie ihr dürftiges Lager. Beeren und Wurzeln waren ihre Nahrung. Sie wußte, wo der Brunnen war.

Von der Rückseite der Kirche nur ein paar Dutzend Schritte entfernt, verdeckten einige Bretter den Schacht. Ein verbeulter Eimer hing an einer rostigen Kette. Sie klirrte, als die durstigen Männer das erste Wasser schöpften.

Da waren die fünf überzeugt, daß Reinsdorf wieder erstehen würde. Denn nur wo Wasser ist, gibt es Leben.

Das Rätsel um die fetten Schweine

Der Fläming ist ein trockenes, sandiges Land. Bevor die Felder künstlich bewässert wurden, brachte ein heißer, regenarmer Sommer die ganze Ernte in Gefahr. In manchem Jahr verdorrte das Getreide, ehe es überhaupt hochgewachsen war. Das Gras auf den Wiesen und Weiden welkte, wurde gelb, dann braun und trocken. Die Kartoffeln blieben klein.

Vor solchen Zeiten hatten die Bauern Angst. Das Korn reichte kaum zum Brotbacken und für die Frühstückssuppe, und die Kartoffeln in der Schüssel wurden abgezählt. Das schlimmste aber war, daß es für das Vieh kaum Futter gab. Die mageren Kühe gaben keine Milch, die dürren Hühner legten keine Eier, und die Schweine wurden nicht fett.

Wen wundert es da, daß die Bauern in Hohenseefeld mißtrauisch und voller Neid beobachteten, wie Faltins Schweine auch in Hungerjahren immer runder wurden!

Manch einer aus dem Dorf ging unter einem Vorwand zum alten Faltin, um sich aus nächster Nähe selbst zu überzeugen, daß dort tatsächlich nur wohlgenährte Schweine im Stall standen. Zu gern hätten die Nachbarn herausbekommen, was Faltin in die Futtertröge schüttete, wenn doch auf den Feldern nichts gewachsen war. Schließlich legten sie sich regelrecht auf die

Lauer. Zunächst vergeblich. Aber einmal war der Jochen mitgegangen, der älteste Sohn von Lehmanns. Er war ein Sonntagskind. Und Sonntagskindern sagte man nach, daß sie mehr sehen könnten als andere Leute.

Es war eine kalte Herbstnacht. Nichts rührte sich auf dem Anwesen der Faltins. Aus dem Fenster drang ein schwacher Lichtschein durch den Vorhang, sonst war alles dunkel.

Schon wollten die Männer, die sich in Faltins Scheune geschlichen hatten, unverrichtetersache nach Hause gehen. Da hob Jochen plötzlich den Kopf, starrte wie gebannt nach oben, zeigte in die Dunkelheit. Die anderen blickten in dieselbe Richtung, konnten aber nichts erkennen.

Im nächsten Augenblick war es, als ob ein Hagelschauer niederginge – mit solchem Prasseln fielen Getreidekörner auf das Hofpflaster. Gleich darauf kam Faltin aus dem Haus gelaufen, stieß die Stalltür auf, und grunzend und quiekend drängten die dicken Schweine ins Freie. Gierig fuhren ihre Rüssel über den Boden. Im Handumdrehen hatten sie das ganze Korn aufgefressen und verschwanden wieder im Stall.

Als die Haustür hinter Faltin ins Schloß fiel, wagten die Nachbarn sich aus der Scheune. Aber keiner konnte erklären, was passiert war, außer Jochen, denn der war ja ein Sonntagskind. Er hatte gesehen, daß der Kobold wie ein feurig leuchtender Drache durch die Luft herangeflogen war. Unter jedem Arm hatte er einen prall gefüllten Kornsack getragen. Genau über dem Hof hatte er die Säcke ausgeschüttet und war wieder davongeflogen.

Nun wunderten sich die Leute im Dorf nicht mehr, daß Faltins so fette Schweine hatten!

Der Spuk im Büschchen

Manchmal zu nächtlicher Stunde brennt im Büschchen bei Illmersdorf ein golden schimmerndes Feuer. Einmal haben sich ein paar Bauern im Schatten der Bäume näher geschlichen, um zu sehen, wer da lagerte. Doch sie konnten nur zwei gewaltige Hunde erkennen. Die fletschten wütend die kräftigen Zähne und knurrten.

Da machten die Bauern, daß sie zurück ins Dorf kamen. Jeder lief auf seinen Hof und schob den schweren Riegel vors Tor.

Wenige Tage später wagten sich zwei Reiter in die Nähe des Feuers und versuchten, die Hunde mit wildem Geschrei zu vertreiben. Aber vergebens. Im Gegenteil, die schwarzen Bestien stürzten auf die Pferde zu und jagten sie in die Flucht. Im Schein der flackernden Flammen wuchsen ihre Schatten ins Riesenhafte.

Die Reiter hieben in panischer Angst auf die Gäule ein. Die Hunde folgten ihnen in langen Sätzen. Dem einen Pferd haben sie sogar den Schwanz abgebissen!

Seither haben die Bauern nach Einbruch der Dunkelheit einen großen Bogen um das Büschchen gemacht.

Die Frau mit dem Besen im Wappen von Dahme

An einem Sommernachmittag 1666 läuteten in Dahme die Glocken. Ein Hochzeitszug kam aus der Kirche. Mit Jubelrufen begrüßten die vielen Neugierigen, die sich am Portal versammelt hatten, das glückliche Paar. Zu beiden Seiten der Kirchstraße drängten sich Kinder und Erwachsene, winkten, lachten und reckten die Hälse, um besser sehen zu können.

Einen der besten Plätze hatte Frau Böhren. Sie wohnte im Haus Nummer drei. Weit lehnte sie sich aus dem Fenster, um nur ja nichts zu verpassen. Daß auf ihrem Herd der Speck in der Pfanne brutzelte, vergaß sie völlig. Sie hatte auch nicht bemerkt, wie die Zugluft das Herdfeuer anfachte, als sie das Fenster öffnete. Frau Böhren hatte nur Augen und Ohren für das bunte Treiben auf der Straße. Hinter ihr prasselte das Feuer, eine Flamme schlug in das aufspritzende Fett. Im nächsten Augenblick sprühten Funken durch die Küche, wurden zu Flämmchen, sprangen am Handtuch hoch, züngelten am trockenen Holz empor, schlugen aus dem Bodenfenster, huschten über die benachbarten Strohdächer...

Wer hätte später sagen können, wann aus dem Festgeläut Sturmläuten wurde?

Stundenlang raste die Feuersbrunst durch die Stadt. Die Flammen fraßen sich unaufhaltsam in den engen Gassen voran.

Schreie gellten durch Rauch und Qualm. Menschen rannten verzweifelt nach Wasser, versuchten, wenigstens etwas von ihrer Habe zu retten. Doch vergeblich. Am nächsten Tag ragten nur die Burg und sechs Häuser aus den rauchenden Trümmern.

Die leichtsinnige Frau Böhren aber wurde bestraft. Sie steht im Stadtwappen von Dahme, in der Hand einen Besen – für alle Zeiten zum Aschefegen verurteilt!

Die Jungfernglocke zu Dahme

Im Dreißigjährigen Krieg hatte der kaiserliche Feldherr Wallenstein eine Zeitlang in Dahme sein Hauptquartier. Doch bald verlegte er es nach Jüterbog.

Vor dem Abmarsch wurde in Dahme alles beschlagnahmt, was die Truppe gebrauchen konnte. Die Bürger atmeten erleichtert auf, als das Hufgetrappel der Reiter in der Ferne leiser wurde und endlich nicht mehr zu hören war.

In Jüterbog bemerkte der Feldherr, daß er vergessen hatte, die Kirchenglocke, die ihm jeden Morgen zur Messe geläutet hatte, als Kriegsbeute mitzunehmen. Man konnte sie einschmelzen und Kanonenkugeln daraus gießen lassen!

Von Jüterbog nach Dahme ist es nicht weit. Wallenstein schickte also einen Kornett mit einigen Dragonern zurück, um die Glocke zu holen. Da der Tag heiß war und der Straßenstaub durstig machte, kehrte der Trupp unterwegs in einer Schenke ein und erfrischte sich mit ein paar Krügen Bier. Dort erlauschte ein junger Bauer, weshalb die Wallensteinschen noch einmal nach Dahme zurückkehrten. Er schlich sich hinaus und eilte ihnen voraus. So erreichte die böse Kunde, daß die Glocke requiriert werden sollte, den Bürgermeister, ehe der Offizier mit seinen Dragonern eintraf.

In Dahme gab es nur noch diese eine Kirchenglocke. Alle anderen waren längst von durchziehenden Soldaten geraubt worden.

Schnell wurden die Ratsherren zusammengerufen. Sie überlegten, wie die Glocke zu retten sei. Das wichtigste war, Zeit zu gewinnen. Sie ließen ein bisher gut verstecktes Faß Bier heranrollen, um es den Dragonern vorzusetzen. Als die eintrafen, zechten sie erst einmal munter drauflos.

Der Kornett wurde in ein Hinterstübchen des Gasthofs geführt. Dort erwartete ihn eine hübsche Bürgerstochter mit einer Kanne schweren, süßen Weins. Sie schenkte ihm ein, machte ihm schöne Augen und unterhielt ihn. Indessen holten ein paar kräftige Männer die Glocke mit einem Flaschenzug vom Kirchturm herunter. Auf dem Töpfermarkt hatte man schon ein Loch gegraben. Darin wurde die Glocke versenkt.

Nachdem der Kornett am anderen Morgen seinen Rausch ausgeschlafen und die Dragoner zusammengerufen hatte, ging er zum Rathaus und verlangte die Auslieferung der Glocke. Doch die war weg. Der Bürgermeister zuckte bedauernd die Schultern.

Wallensteins Leute fluchten nicht schlecht. Sie mußten unverrichteterdinge nach Jüterbog zurückreiten.

Das Mädchen wurde reich belohnt und heiratete bald darauf. Als der Hochzeitszug über den Töpfermarkt kam, hörte man aus der Tiefe die Glocke läuten.

Weil der Krieg sich noch Jahre hinzog, gruben die Dahmenser die Glocke vorsichtshalber nicht wieder aus. Und als viel später wieder Frieden im Land herrschte, hatten sie die Stelle vergessen, wo sie vergraben war. Sie wurde nie wiedergefunden. Manchmal aber, wenn ein Bräutigam seine Braut über den Töpfermarkt zur Kirche führte, klang aus der Erde ein leises Läuten.

Der Vogelturm

Vor vielen hundert Jahren wurde um die kleine Stadt Dahme eine hohe Mauer gebaut, die vor Angriffen schützen sollte. Nur durch wenige, gut bewachte Stadttore konnten Menschen, Pferde und Wagen nach Dahme hinein und wieder heraus.

Längst bedrohen keine feindlichen Heere mehr die Stadt, und es gibt auch keine Räuberbanden mehr, die sie überfallen könnten.

Das heutige Dahme ist über die alte Mauer hinausgewachsen, die nun zwischen Neubauten und belebten Straßen emporragt. Natürlich hat sie im Laufe der Zeit Lücken bekommen, aber sie umschließt noch immer die halbe Altstadt.

Von den Stadttoren ist nichts übriggeblieben. Nur da, wo einst das Jüterboger Tor stand, erhebt sich ein wuchtiger Turm aus Feldsteinen. Vogelturm heißt er. Warum? Das ist eine seltsame Geschichte. Sie stammt aus der Zeit, als die Befestigungsanlage gebaut wurde.

Damals wanderte an einem sonnigen Frühlingsmorgen ein junger Musikant durch die

Felder, kam nach Dahme, schaute sich in Straßen und Gassen um, und die Stadt gefiel ihm. So beschloß er zu bleiben.

In der Töpferstraße fand er in einem niedrigen Fachwerkhäuschen für wenig Geld ein bescheidenes Quartier.

Als er hörte, daß die Stadt befestigt werden sollte, verdingte er sich zum Mauerbau, denn er war arm und besaß nichts außer seiner Fiedel und dem, was er auf dem Leibe trug.

Bald wußte die ganze Stadt von dem ungewöhnlichen Fleiß des Musikus zu berichten. Tagein, tagaus schleppte er von Sonnenaufgang bis Sonnenuntergang Steine auf das Gerüst, verschmierte Fugen und Ritzen und trällerte dabei vergnügt vor sich hin.

Nur sonntags blieb er der Baustelle fern, zog hinaus vor die Stadt und fing Vögel. Er brachte sie in das Haus in der Töpferstraße und hielt sie in seiner Stube. Die war voller Zwitschern und Tirilieren! Schon beim ersten Sonnenstrahl fing der Bursche an, mit seinen Vögeln um die Wette zu singen und zu pfeifen.

Doch als der Sommer zu Ende ging, brachen schwere Zeiten herein. Die Ernte war schlecht in jenem Jahr, und eine schlimme Teuerung kam über das Land. Die paar Groschen, die der arme Musikus beim Bau der Stadtmauer zusammengespart hatte, reichten nicht mehr aus, um Futter für seine gefiederten Freunde zu kaufen. Der Bursche war ratlos und verzweifelt.

Da die Not immer größer wurde, schlich er sich in einer mondlosen Nacht in das städtische Vorratshaus und stahl einen Sack voll Getreide. Doch als er damit ins Freie wollte, knarrte die schwere Bohlentür in den Angeln. Der Stadtsoldat, der draußen Wache hielt, horchte auf, duckte sich hinter einen Strauch und erwischte den Eindringling. Schimpfend und fluchend führte er ihn ab und warf ihn ins Verlies.

Der Musikant wurde vor Gericht gestellt. Die Richter ließen sich weder durch Bitten noch durch Beteuerungen erweichen. Sie verurteilten ihn zum Tod am Galgen, weil er in einer Notzeit Korn gestohlen hatte.

Bis zur Vollstreckung des Urteils saß der Bursche noch viele qualvolle Tage in seinem dunklen Kerker, in den weder ein Lichtstrahl noch Kunde von außen drang.

Er ahnte nicht, daß der Mauerbau zum Stillstand kam, weil alle Steine von den Feldern vor der Stadt längst abgesammelt waren. Ebensowenig wußte er, daß der Böhmerkönig mit einem waffenstrotzenden Heer gegen Dahme zog.

Schließlich dämmerte der Morgen des Hinrichtungstages. Der Henker und die Stadtsoldaten holten den Musikanten aus dem Gefängnis ab, um ihn zum Galgenberg zu bringen.

Als der Zug das Jüterboger Tor passierte, fragte der Todeskandidat betroffen, warum der Turm noch immer nicht fertig sei und in der Mauer eine Lücke klaffe.

Wie er hörte, daß keine Steine mehr zu finden wären, sagte er: „Wenn ihr mir das Leben schenkt, schaffe ich euch bis morgen genügend Baumaterial herbei."

Keiner glaubte ihm. Trotzdem versprach man dem Verurteilten die Freiheit, wenn er sein Wort wahrmache.

Darauf ließ der Musikant sich in die Töpferstraße führen, wo seine Vögel ihn mit lautem Zwitschern begrüßten. Weit öffnete er das Fenster und schickte sie hinaus in alle Welt, um Steine zu holen.

Eilig schwirrten sie von dannen.

Schon am nächsten Tag lagen so viele Steine am Jüterboger Tor, daß die Mauer und der Turm fertiggebaut werden konnten. Der hieß von Stund an der Vogelturm.

Die gefräßigen Hollrägen

Die Hollrägen waren boshafte kleine Geister. Niemand hätte sagen können, warum sie sich gerade in Rinow einquartiert hatten und wann. Niemand wußte auch genau, wo sie hausten. Aber gerade das machte sie den Menschen unheimlich, die sich im Dunkeln am meisten vor dem frechen Völkchen fürchteten. Angeblich hatten die Hollrägen vor langer Zeit sogar ein Mädchen entführt, das nachts allein die Dorfstraße entlanggegangen war. Deshalb saßen die Frauen und Mädchen abends nie länger als bis neun Uhr in der Spinnstube beisammen und eilten auf dem kürzesten Weg nach Hause.

Selbst die Burschen, die hin und wieder ihre Mädchen abholten, sputeten sich auf dem Heimweg. Vorsichtshalber hatten einige sich ein Bund Dill in die Tasche gesteckt. In alter Zeit glaubte man, Dill vertreibe böse Geister.

Einmal war es in der Spinnstube später geworden als gewöhnlich. Als Christoph, der sein Mädchen bis zum letzten Anwesen am Dorfrand begleitet hatte, heimrannte, umringten ihn plötzlich unzählige Hollrägen.

Schnell zog der Bursche den Dill aus der Jackentasche und hielt ihn den Geistern entgegen. Da ergriffen sie die Flucht und wurden in Rinow nie mehr gesehen.

Bis nach Meinsdorf sind sie geflohen.

Der Weg mußte sie schrecklich hungrig gemacht haben. Sie klopften gleich beim ersten Meinsdorfer Haus an die Tür und die Fenster, aus denen ein köstlicher Duft drang.

Die Bauersfrau, die gerade Plinsen buk, schloß auf. Ehe sie sich's versah, drängelten und schubsten die Hollrägen sich herein, kletterten auf Bank und Stühle und stürzten sich gierig auf die Plinsen.

Der Frau blieb nichts anderes übrig, als weiterzubacken. Jedesmal, wenn sie eine Plinse aus der Pfanne nahm, zankten die Hollrägen sich darum, und im Handumdrehen war sie aufgegessen.

Endlich kratzte die Frau den letzten Teig aus der Schüssel und hoffte, nun Ruhe zu kriegen. Doch bevor sie wußte, wie es geschah, war die Schüssel wieder bis an den Rand mit Teig gefüllt. Also mußte sie weiterbacken.

Hinter ihr schmatzten laut und zufrieden die Hollrägen.

Das ging so fort, bis der Morgen dämmerte. Beim ersten Sonnenstrahl hörte die Frau hinter sich ein Trippeln und Stühlerücken, die Tür knarrte, fiel ins Schloß, und plötzlich war es still in der Küche.

Die Bäuerin atmete auf, sie war allein. Alle Plinsen waren aufgegessen, aber in der Teigschüssel blitzte etwas. Mit dem Handrücken rieb sie sich die müden Augen, weil sie glaubte zu träumen. Doch was sie sah, war Wirklichkeit. Der Boden der leeren Schüssel war mit Goldstücken bedeckt!

Der Meinsdorfer Müller überlistet den Teufel

Am Rande von Meinsdorf, auf der Höhe, wo heute die Schweineställe sind, hat bis vor einiger Zeit eine Windmühle gestanden. Einmal gab es hier einen Müller, der von ganz besonderem Pech verfolgt wurde. Seine Mühle brannte ab. Er mußte all sein Geld zusammenkratzen, um sie wiederaufzubauen. Doch bald danach schlug der Blitz ein, und die Mühle stand abermals in Flammen. Obwohl das ganze Dorf herbeigeeilt war, um zu löschen, brannte sie auch diesmal völlig nieder.

Nun wußte der arme Müller sich keinen Rat mehr. Er saß verzweifelt auf einem Mühlstein, starrte auf die verkohlten Balken und grübelte, was werden sollte. Keinen Pfennig besaß er mehr, um neu anzufangen.

Da kam ein Wanderbursche den Weg herauf, hielt an und fragte, was den Müller bedrücke. Der seufzte tief, deutete auf die Reste der Mühle und sagte: „Es ist alles aus! Mir kann kein Gott und kein Teufel mehr helfen. Alles hat sich gegen mich verschworen."

„Ich wüßte schon einen Rat", sagte der Bursche. „Wenn du mir eine einzige Bedingung erfüllst, will ich dafür sorgen, daß an der Stelle, wo du sitzt, bei Sonnenaufgang eine neue Mühle steht!"

Erst jetzt sah der Müller sich sein Gegenüber genauer an. Sein Blick glitt von dem verschlagenen Gesicht des Burschen hinunter bis zu seinen Füßen. Er glaubte, seinen Augen nicht zu trauen. Hatte der Fremde doch wahrhaftig einen Pferdefuß! Dann war das ja der Teufel persönlich!

„Nun gut", sagte der Müller nach kurzem Zögern, „nenn deine Bedingung."

„Es ist nicht viel, was ich fordere. Wenn dir ein Sohn geboren wird, will ich ihn mir an seinem ersten Geburtstag holen."

Der Müller überlegte nicht lange. Er war nicht mehr der Jüngste, einen Sohn würde er wohl kaum noch bekommen.

„Abgemacht", erklärte er und streckte dem Teufel die Hand entgegen, „nun zeig, was du kannst!"

Und tatsächlich, bei Sonnenaufgang stand eine neue Mühle auf dem Hügel. Der Wind griff in die Flügel, sie knarrten, und dann fingen sie langsam an sich zu drehen.

Für den Müller begannen sorglose Jahre. Als ihm nach einiger Zeit ein Junge geboren wurde, dachte er kaum noch an die Zusage, die er dem Teufel gemacht hatte.

Das Kind wuchs und gedieh und war das ganze Glück seines Vaters. Doch pünktlich an seinem ersten Geburtstag kam der Teufel und verlangte seinen Lohn.

Der Müller erschrak zu Tode. Um keinen Preis wollte er seinen Sohn hergeben. In Gedanken suchte er fieberhaft nach einem Ausweg.

„Na gut", sagte er schließlich, „versprochen ist versprochen. Aber ich gebe dir das Kind nur, wenn du es schaffst, dich so lange an einem Windmühlenflügel festzuhalten, bis ich einen Scheffel Korn gemahlen habe."

Nichts leichter als das, dachte der Teufel und willigte ein. Er packte einen Mühlenflügel, der Müller drehte die Mühle in den Wind, und los ging die Fahrt. Der Teufel jauchzte laut, als er in die Luft gehoben wurde. Doch die Flügel drehten sich schneller und schneller, und ihm wurde schwindlig. „Aufhören! Aufhören!" schrie er. Aber der Müller dachte nicht daran, dem Wirbel ein Ende zu machen.

Schließlich konnte der Teufel sich nicht länger halten. Er ließ den Mühlenflügel los und wurde in hohem Bogen bis zu den Rinower Wiesen geschleudert. Unsanft landete er auf einem Findling, stieß sich wutschnaubend mit seinem Pferdefuß ab und flog bis auf den Knippelsdorfer Kirchturm. Von hier stieß er sich noch einmal ab. Dann hat ihn niemand mehr gesehen.

Der Findling aber liegt noch heute gut einen Kilometer hinter Rinow. Der Hufabdruck an der Oberseite des Steins ist ungefähr anderthalb Hände groß und steht immer voller Wasser, im Sommer wie im Winter. Und die Spitze des Kirchturms von Knippelsdorf ist seither ein wenig schief.

Die versunkene Stadt Meins

Wer durch den Wald von Wiepersdorf nach Meinsdorf wandert, kommt an einem tiefer gelegenen Gelände vorbei, das die Leute seit alter Zeit den Stadtgrund nennen. Dabei ist von einer Stadt weit und breit keine Spur zu sehen.

Und doch soll es sie hier einmal gegeben haben – die Stadt Meins.

Angeblich ist es eine schöne und stolze Stadt gewesen. Mauern und Türme ragten hoch empor. Schon von weitem sah man die Dächer in der Sonne blitzen und blinken, als wären sie mit Gold und Silber statt mit rotbraunen Ziegeln gedeckt.

Die reichen Bürger lebten in Saus und Braus. Von ehrlicher Arbeit wollten sie nichts hören. Tage und Nächte hindurch praßten und feierten sie. Der Wein floß in Strömen, funkelte rubinrot in schweren Kristallpokalen, gewaltige Braten drehten sich am Spieß. Die üppig gedeckten Tische bogen sich unter der Last der Schüsseln, aus denen der Duft köstlicher Speisen aufstieg.

Allmählich wurden die Menschen immer gieriger. Aus Essen und Trinken wurde Fressen und Saufen. Und schließlich traten sie das Brot mit Füßen, gossen Wein in marmorne Wannen, um darin zu baden, und lachten und spotteten über den Alten, der in einer bescheidenen Hütte am Stadtrand wohnte und prophezeite: „Der Himmel wird euch strafen!"

Eines späten Vormittags, als die feisten Prasser nach durchzechter Nacht und bleiernem Schlaf wach wurden und sich die Augen rieben, war der Himmel schwarz von schweren Regenwolken. Augenblicke später ging ein Unwetter nieder, wie die Stadt Meins es noch nicht erlebt hatte. Wassermassen stürzten herab. Blitze fuhren nieder und tauchten die Dächer sekundenlang in grelles Licht. Donner grollte von allen Seiten. Der Sturm peitschte durch die Gärten, knickte die Bäume um wie Roggenhalme. Die Straßen wurden zu Bächen, dann zu reißenden Strömen. Häuser und Türme brachen zusammen. Niemand hörte in dem Toben der Naturgewalten die Hilfeschreie seiner Nachbarn.

Stunde um Stunde dauerte der Regen.

Als am nächsten Morgen die Sonne wieder schien, war von der stolzen Stadt Meins nichts übriggeblieben. Nur ein paar Hütten am Stadtrand, in denen bescheidene, fleißige Menschen wohnten, standen noch. So wenige waren es, daß aus der großen Stadt Meins nun Meinsdorf wurde.

Im Stadtgrund ist längst Wald gewachsen. Nur der Name erinnert noch an die alte Geschichte. Manche Leute erzählen, daß in mondhellen Nächten ein weißes Kalb ohne Kopf zwischen den Bäumen umherirrt. Das soll der Bürgermeister der versunkenen Stadt sein, der zur Strafe in ein Tier verwandelt wurde und keine Ruhe findet. Und wenn ein Sonntagskind bei Vollmond um Mitternacht das Ohr an die Erde preßt, kann es hören, wie die Glocken von Meins in der Tiefe läuten.

Die Herbersdorfer Bauern jagen den Teufel in die Flucht

In Herbersdorf lebte einst ein Bauer, der war ärmer als alle anderen. Sein Feld lag voller Steine, und die Ernte, die er einbrachte, war so gering, daß das Korn nicht einmal reichte, um einen Winter lang die Hühner zu füttern.

Eines Abends stand der Bauer verzweifelt am Fenster, starrte hinaus auf seinen Acker und wußte nicht mehr ein noch aus.

Plötzlich hörte er Schritte. Gleich darauf bog der Teufel ins Hoftor ein. Sein Pferdefuß klapperte auf dem Steinpflaster.

Grinsend begrüßte er den Bauern, und ohne lange Einleitung bot er ihm ein Geschäft an: „Ich sammle bis morgen alle Steine von deinem Acker, und du versprichst mir als Lohn deine Seele dafür. Die hole ich mir morgen in einem Jahr."

Der Bauer war so glücklich über die angebotene Hilfe, daß er den Preis dafür kaum beachtete. Außerdem war ein Jahr lang. Bis dahin würde ihm gewiß ein Ausweg einfallen. Und wer weiß, ob der Teufel überhaupt wiederkam! Also willigte er ein.

Tatsächlich waren am anderen Tag alle Steine vom Acker gelesen. Das Getreide sprießte, wuchs, und als der Sommer zu Ende ging, konnte der Bauer eine reiche Ernte einfahren.

Jetzt aber überfiel ihn die Angst. Wenn nun der Teufel wirklich käme und seine Seele verlangte?

Weil es kurz nach Feierabend war, ging er in den Dorfkrug und erzählte allen, die dort eingekehrt waren: „Der Teufel will morgen nach Herbersdorf kommen!" Warum er kommen wollte, verriet der Bauer allerdings nicht.

Sofort fingen alle an, durcheinander zu reden und zu rufen. Jeder suchte nach einem Mittel, den Teufel zu verjagen. Nachdem die Männer sich die Köpfe heiß geredet hatten, wuchs ihr Mut. Sie beschlossen, dem Bösen einen Empfang zu bereiten, den er nie vergessen würde! Schon bei Tagesanbruch bewaffneten sich alle Bauern im Dorf mit Dreschflegeln, Mistgabeln, Sicheln und Sensen und legten sich obendrein ein paar dicke Knüppel bereit.

Sie brauchten nicht lange zu warten. Diesmal kam der Teufel mit Brausen und Fauchen durch die Luft. Aber kaum war er auf der Dorfstraße gelandet, da fielen die Bauern von allen Seiten über ihn her. Wild schlugen sie auf ihn ein.

Der erschrockene Teufel schrie vor Schmerzen, krümmte sich und versuchte, seinen Peinigern zu entkommen. Sowie er eine Lücke erspäht hatte, rannte er auf den nahen Wald zu. Dabei hätte er den Hohenseefelder Graben fast übersehen. Im letzten Augenblick bemerkte er ihn und sprang hinüber. Mit dem Pferdefuß stieß er sich von einem mächtigen Stein ab. Noch heute kann man den Abdruck auf dem Stein sehen!

Klein Abraham

Im Bärwalder Ländchen trieben sich in der ersten Hälfte des vorigen Jahrhunderts zwei Wilddiebe herum, Vater und Sohn, sie hießen Christoph und Hans Dümde. Hans Dümde soll in Weißen, im letzten Haus am Dorfrand, gewohnt haben. Eines Tages verschwand er spurlos. Bald danach machte eine Räuberbande die Gegend unsicher. Zehn finstere Gesellen waren das. Ihr Anführer nannte sich Klein Abraham. Die alten Bauern behaupteten steif und fest, das wäre der Hans Dümde. Aber beweisen konnte es keiner.

Der Förster und die Jäger suchten in den Wäldern nach dem Versteck der Bande. Hohe Prämien wurden auf die Ergreifung von Klein Abraham ausgesetzt, doch umsonst.

Einmal hieß es, er wäre in der Nähe von Hohenkuhnsdorf gesehen worden. Also machten sich die Häscher dorthin auf den Weg.

Und was geschah? In derselben Nacht stahl Klein Abraham mit seiner Bande im weit entfernten Bärwalde dem Gutsherrn ein frischgeschlachtetes Kalb aus der Vorratskammer.

Ein anderes Mal hatten sich einige Räuber bei einem Gastwirt einquartiert. Sie riefen nach Schnaps und Bier und kommandierten den Wirt derart herum, daß er gar nicht wagte, die ungebetenen Gäste rauszuwerfen. Als die vollen Krüge auf dem Tisch standen, fragte er, wer von ihnen denn der Anführer sei. Da lachten die Kerle dröhnend, und einer sagte: „Paß auf, gleich zeigt er sich!"

Im nächsten Augenblick tauchte auf dem Tisch von irgendwoher eine Kugel auf, tanzte dreimal im Kreis herum und war auch schon wieder verschwunden.

Dem Wirt kam das so unheimlich vor, daß er nicht den Mut hatte, weiterzufragen.

Ein paar Wochen später hörten die Dorfleute Schüsse aus den Wäldern. Weil gerade keine Jagd im Bärwalder Ländchen war, konnten die Schützen nur Wilddiebe sein.

Also holte man den Förster aus Annaburg und seinen Gehilfen, rief die Treiber aus den Dörfern, die Holzfäller und alle kräftigen Burschen zusammen, um den Wilderern das Handwerk zu legen.

Vor Tagesanbruch machten die Männer sich in den Wald auf. Schon glaubten sie sich am Ziel. Da bemerkte Klein Abraham die Verfolger. Er benutzte seine Fähigkeit, sich unsichtbar zu machen, und rief: „Hierher! Tretet alle in meine Fußstapfen, dann kann uns keiner sehen!" Plötzlich waren die Wilddiebe verschwunden, als hätte der Erdboden sie verschluckt.

Klein Abraham aber beschloß, dem Förster eins auszuwischen. Am nächsten Vormittag holte er aus einem Versteck einen Beutel mit Freikugeln, lud sein Gewehr, murmelte ein paar unverständliche Worte und drückte ab.

Die Kugel flog zielsicher zum Forsthaus im achtzehn Kilometer entfernten Annaburg, fuhr in den Schornstein hinein, landete in der Suppenschüssel des Försters, der gerade beim Mittagessen saß, und flog gleich danach wieder zum Schornstein hinaus.

Der Förster brauchte eine Weile, um sich von seinem Schreck zu erholen. Dann brummte er wütend: „Das war Klein Abraham!" Und nach einer Pause fügte er hinzu: „Der Kerl kann mehr als Brot essen!"

Von da an gab er es auf, die Bande zu verfolgen, und keiner weiß genau, was aus Klein Abraham geworden ist.

Der Schatz im Wendenwall

Als Bischof Wichmann im 12. Jahrhundert Ansiedler in den Fläming holte, gelangte einer seiner Gefolgsleute, der Herr von Slautitz, in die Gegend von Bärwalde. Damals war dort Busch- und Sumpfland, in dem die Wenden lebten. Slautitz und seine Mannen drängten sie immer weiter zurück.

Irgendwo mitten im Wald stand die Burg der Wenden, von einem hohen Wall umgeben. Sie war die letzte Zufluchtsstätte der aus ihren Siedlungen Vertriebenen. Mit ihren Schätzen hatten sie sich dorthin gerettet.

Die Angreifer rückten ständig näher. Den Wenden blieb nur die Flucht. Aber Gold und Geschmeide waren zu schwer, um sie mitzunehmen. Da legten sie alles in eine eiserne Truhe und vergruben sie in der Mitte des Burggeländes. Dann flohen sie auf nur ihnen bekannten Pfaden durch Sumpf und Busch.

Herr von Slautitz ahnte nichts von ihrem Verschwinden. Er befahl, die Wenden auszuräuchern.

Wenig später stand der Wald in Flammen. Funken stoben durch die Luft, Rauch und Qualm verdunkelten die Sonne.

Am Tag darauf züngelten noch hier und da kleine Flämmchen am Boden, und dünne Rauchfäden stiegen aus der schwarzen, verkohlten Wildnis auf. Von der Burg war nur ein Schutthaufen übriggeblieben. Und der Burgwall. Er steht noch heute.

Wer neunmal um ihn herumlaufen kann, ohne Atem zu holen, heißt es, der findet den Wendenschatz! Viele haben es schon versucht, aber ohne Erfolg. Einmal ist ein Bursche von weit her gekommen, der hat über die anderen gelacht und geschworen, den Schatz zu heben. Er hielt den Atem an und rannte los – dreimal, viermal, fünfmal. Beim sechsten Mal lief sein Gesicht krebsrot an, beim siebenten Mal verfärbte es sich blaurot, er sah glühende Punkte in der Luft tanzen. In seinen Ohren dröhnte es laut und lauter...

Bei der achten Runde fiel er tot um. Seither hat niemand einen neuen Versuch gewagt!

Wie Bärwalde zu seinem Namen kam

Vor langer Zeit, als das Dörfchen Bärwalde noch keinen Namen hatte, ging der Amtmann eines Tages auf die Jagd. Nachdem er schon etliche Stunden vergeblich nach einem lohnenden Ziel Ausschau gehalten hatte, erspähte er im dichten Buschwerk ein dunkles Ungetüm. Das konnte nur ein Bär sein!

Rasch hob er seine Büchse, zielte und drückte ab.

Das mächtige Untier gab einen brummenden Laut von sich und kippte zur Seite. „Gut getroffen!" jubelte der Schütze.

Trotzdem wagte er sich nicht näher an den Koloß heran. Vielleicht war der Bär noch gar nicht tot!

Der Amtmann rannte ins nahe Dorf.

„Leute", rief er, „ich habe einen Bären erlegt! Ihr müßt mir helfen, ihn zu holen. Aber Vorsicht, er hat noch gebrummt!"

Die Männer bewaffneten sich mit allem, was sie in der Eile greifen konnten, mit Mistgabeln, Dreschflegeln, Beilen und Knüppeln, und zogen los. Voller Vorfreude auf ein Stück Bärenbraten folgten sie dem Amtmann in den Wald.

Schon von weitem sahen sie den reglosen Körper liegen. Sicherheitshalber kreisten sie ihn ein und pirschten sich von allen Seiten heran. Aber wie groß war ihr Erstaunen, als sie statt eines Bären einen Brummbaß im Gebüsch liegen sahen! Einer stieß mit dem Fuß dagegen, und schon brummte das Instrument.

Die Bauern brachen in lautes Gelächter aus.

„Dat is joa keen Bär! Wu issn nu der Bär, Herr Amtmann?"

Doch der Schütze hatte sich schon aus dem Staub gemacht.

Im Triumphzug trugen die Männer den Brummbaß nach Hause.

Musikanten aus dem nahe gelegenen Schönewalde hatten wenige Tage vorher im Dorfkrug zum Tanz aufgespielt. Dabei war manche Flasche geleert worden. Als sie spät in der Nacht schwankend und grölend durch den Wald heimwärts zogen, hatte einer den Brummbaß verloren und es nicht einmal bemerkt.

Schnell verbreitete sich die Kunde von der merkwürdigen Bärenjagd, und das kleine Dorf am Waldrand wurde bald von allen Bärwalde genannt.

Der Dreibaum in Bärwalde

Am östlichen Ortsausgang von Bärwalde, dort, wo die Straße nach Rinow beginnt, wächst in einem Garten eine merkwürdige Linde. Dreibaum wird sie genannt und ist mit ihrer mächtigen Krone schon von weitem zu sehen.

So alt wie der Baum ist auch seine Geschichte.

Lang ist es her, da wurde in Bärwalde ein Mann ermordet. Vom Mörder fand sich keine Spur. Woche um Woche suchten die Gendarmen nach ihm.

Nicht weit vom Ort des Verbrechens wohnten drei Schwestern, Adelheid, Agathe und Dorothea. Die Leute tuschelten mißtrauisch, wenn sie ihnen begegneten, und schickten ihnen argwöhnische Blicke nach. Schließlich lud man sie vor den Richter und befragte sie.

Keine der drei hatte mit dem Mord auch nur das geringste zu tun. Aber jede bangte um das Schicksal der geliebten Schwestern und nahm freiwillig die Schuld auf sich.

Auf die wiederholte Frage des Richters: „Hast du den Mord begangen?" gestand eine nach der anderen: „Ja, Herr Richter, ich habe es getan."

Ratlos begann der Richter sein Verhör von neuem. Doch die Schwestern blieben bei ihrer Aussage.

Endlich kam dem Richter die Erleuchtung. Er gab jedem der Mädchen ein junges Lindenbäumchen in die Hand und forderte, sie sollten alle drei mit den Wurzeln nach oben in ein einziges Loch gepflanzt werden.

„Die Mörderin ist diejenige, deren Linde vertrocknen wird", erklärte er.

So gruben die Schwestern am Dorfende ein Loch und senkten die Kronen der Bäumchen in die Erde. Dabei riefen sie alle Heiligen zum Zeugen ihrer Unschuld an.

Die Winterstürme fegten den Schnee über die Felder, beißender Frost klirrte. Und dann kam der Frühling. Tag für Tag zogen die Leute an den Dorfrand und betrachteten die kahlen Stämmchen. Staunend sahen sie Knospen schwellen. Die Wurzelballen verwandelten sich in grünende Baumkronen.

Die Unschuld der Schwestern galt als erwiesen. Sie durften nach langen Monaten den Kerker verlassen.

Der wahre Mörder wurde bald darauf gefunden und angemessen bestraft.

Die Linde mit den drei Stämmen aber wächst und grünt noch immer. Sie ist zwar vom Alter gezeichnet, aber der Krone sieht man noch heute an, daß sie eigentlich ein Wurzelballen war.

Bauer Eule und der Kobold

Bauer Eule aus Kossin fuhr nach Schönewalde, um Saatgetreide einzukaufen. Weil er sich nicht angemeldet hatte, mußte er mit dem Händler in die Scheune gehen, wo das Korn lagerte. Die beiden Männer sackten ein, und Bauer Eule hörte sich dabei die Neuigkeiten an – wer geheiratet hatte, wer gestorben war, wo ein Kind geboren wurde...

Dem Händler fiel auf, wie der Bauer unverwandt auf ein hohe Tonne sah, die in einem Winkel stand. Er warnte ihn: „Schau ja nicht hinein, das könnte dir übel bekommen!"

„Schon gut, schon gut", murmelte Eule. Aber seine Neugier wuchs nun erst recht.

Als der Händler den Sack mit dem Saatgetreide aufhuckte, um

ihn zum Fuhrwerk zu tragen, warf der Bauer schnell einen Blick in die Tonne. Da starrte ihn ein seltsames schwarzes Wesen an. Das war weder Katze noch Hund!

Der Bauer bezahlte hastig, verabschiedete sich und machte sich auf den Heimweg.

Wie er sich einmal umdrehte, bemerkte er, daß das unheimliche Wesen neben seinem Fuhrwerk lief. Er holte mit der Peitsche aus und schlug nach ihm. Doch geschickt wich es aus und folgte ihm nun in einiger Entfernung.

Dem Bauern wurde klar, daß es sich um einen Kobold handelte. Er trieb sein Pferd an. Aber der Verfolger ließ sich bis nach Kossin nicht abschütteln. Selbst ins Haus schlich er dem Bauern nach.

Eule jagte ihn schimpfend und drohend zur Hintertür wieder hinaus. Doch ehe er sich's versah, kam der Kobold vorn wieder herein. Das wiederholte sich von da an jeden Tag ein paarmal. Der Bauer wurde und wurde den Quälgeist nicht los.

Schließlich bat er den alten Müller um Rat. Der kam gleich mit zu Eules Anwesen, sah sich die vordere und die hintere Tür nachdenklich an und jagte dann den Kobold vorn hinaus. Kaum war er draußen, schlug der Müller die Tür zu und lief über die Diele zur Hintertür. Die hatte unten einen Ausschnitt, durch den die Katze ein und aus ging. Neben dieses Loch hockte sich der Müller und hielt einen leeren Sack davor.

Es dauerte nicht lange, und seine Rechnung ging auf. Der Kobold kam durch das Loch herein und landete in dem Sack. Schnell banden ihn die Männer zu, dann schlugen sie mit einem Besen, der neben der Hoftür lehnte, auf den Sack ein. Dann ließ Bauer Eule den Kobold auf der Straße frei.

Der rannte, was er nur konnte, aus Kossin davon. Ob er in Schönewalde angekommen ist, danach hat Bauer Eule sich nicht erkundigt.

Wie die Kossiner einen Kirchturm stehen wollten

Die Dorfkirche von Kossin war ein rechteckiger Feldsteinbau ohne Turm. Lange überlegten die Kossiner, wie sie auf billige Weise zu einer Glocke und dem dafür nötigen Turm kommen könnten. Und weil sie an jedem Sonntag hörten, wie im Nachbarort Hohenkuhnsdorf geläutet wurde, beschlossen sie eines Tages, den Hohenkuhnsdorfer Kirchturm einfach zu stehlen.

In einer stockdunklen Nacht schlichen sich die kräftigsten Burschen durch die Felder zum Nachbardorf. Sie huschten von Strauch zu Strauch, liefen dicht an den Häusern entlang und erreichten unbemerkt die winzige alte Fachwerkkirche.

Nach kurzem Verschnaufen machten sie sich ans Werk. Ächzend und keuchend zerrten sie den hölzernen Glockenstuhl, der neben dem Kirchlein stand, von der Stelle. Als sie halb an der Kirche vorbei waren, rann ihnen der Schweiß von der Stirn. Wieder spuckten sie in die Hände, und weiter ging die Plackerei.

Plötzlich erstarrten sie und hielten den Atem an. Ein schwankendes Licht näherte sich, stockte, kam abermals näher. Der Nachtwächter! Eilends stoben die Burschen von dannen und ließen den Turm Turm sein.

Deshalb steht der Hohenkuhnsdorfer Glockenstuhl bis auf den heutigen Tag nicht, wie üblich, am Westende der Kirche, sondern an ihrer Ostseite.

Die Rudeljahne

Im Bärwalder Ländchen liegt das kleine Dorf Kossin. 1881 ist es fast völlig abgebrannt. Nur drei Häuser, die Mühle und die Kirche sind in jener Unglücksnacht stehengeblieben.

„Die Rudeljahne hat das Dorf verwünscht!" Das erzählen noch heute manche, die es von ihren Großeltern gehört haben. Andere behaupten, die Katze der Rudeljahne wäre an allem schuld gewesen.

In einer Hütte weitab vom Dorf, am Rötepfuhl, hat damals eine alte Frau mit ihrer Katze gelebt. Sie war die uneheliche Tochter eines Hausmädchens vom Gut im Nachbardorf. Die Kossiner betrachteten sie als eine Fremde und wollten nichts mit ihr zu schaffen haben.

Zu jener Zeit waren die Bauern noch Selbstversorger. Was sie für ihren Lebensunterhalt brauchten, wuchs auf ihren Äckern und in ihren Gärten, Kühe und Schweine standen in ihren Ställen, auf dem Hof gackerte und scharrte das Federvieh. Nur Salz und Zucker, Essig und Petroleum für die Lampen mußten sie kaufen.

Die Rudeljahne aber besaß nichts. Höchstens ein paar Hühner. Wurzeln, Pilze und Beeren aus Wald und Heide waren ihre Hauptnahrung.

Als Botenfrau versuchte sie ihr Leben zu fristen. Doch die Bauern mochten die Fremde nicht, sie war ihnen unheimlich. Hinter zugezogenen Vorhängen belauerten sie die Rudeljahne

mit scheelen Blicken, wenn sie mit einem Reisigbündel auf dem Rücken vorbeischlurfte.

Viel Aberglauben lebte damals noch in den Dörfern. In der Silvesternacht nagelten die Bauern ein Bund Dill an die Stalltür, weil sie meinten, dann bliebe das Vieh im neuen Jahr gesund. Wenn im Frühjahr das Korn gesät wurde, krempelte der Säer sich vor der Arbeit die Hosen hoch, weil er glaubte, dann könnten auf dem Acker keine Quecken wachsen.

Erkrankte das Vieh und jemand hatte die Rudeljahne vorbeigehen sehen, so tuschelten die Leute, sie wäre daran schuld. Schoß das Unkraut auf dem Feld in die Höhe, hieß es: „Die Rudeljahne hat das Korn verhext! Sie hat den bösen Blick!"

Nun wurden Türen und Tore verriegelt, wenn die Frau am Dorfende auftauchte. Die Kinder wurden ins Haus gezerrt, damit sie ihnen nichts anhaben konnte.

Kein Stück Brot, keine Kruke mit Leinöl wanderte mehr in ihren Beutel. Da blieb sie verbittert in ihrer Hütte in der Heide.

Auf der Bank neben der Tür rekelte sich die große schwarze Katze in der Sonne. Grasbüschel und Moos bedeckten das tief herabgezogene Dach. Durch das kleine trübe Fenster fiel nur ein schwacher Lichtschein in das Innere der rauchgeschwärzten Kate.

Der Wind flüsterte in den Blättern der Bäume, raunte in den Binsen am Rande des nahen Pfuhls, raschelte im hohen Schilf.

Wenn die Kossiner am anderen Ende des Tümpels ihren Flachs zum Rösten abluden und die Alte vor ihrer Hütte sitzen sahen, riefen sie ihr Schimpfworte und Gemeinheiten zu. Drohte die Rudeljahne ihnen dann mit der braunen, dürren Faust, so rannten die Bauern angsterfüllt zurück zum Dorf, als säßen ihnen die Furien im Nacken. Keiner wagte sich umzudrehen.

Bisweilen schlich die Katze sich ins Dorf und stahl, was sie Eßbares davonschleppen konnte. Da hetzten die Leute ihre Hunde auf das räubernde Tier und bewarfen es mit Steinen. Eines Tages taumelte es blutüberströmt und mit zerfetztem Fell in die Hütte der Rudeljahne. Wutentbrannt reckte die Alte ihre ausgemergelten Arme in die Höhe und schrie über die

Heide nach Kossin hinüber: „Der rote Hahn soll über euch kommen!"

Als die Rudeljahne starb, atmeten die Kossiner erleichtert auf. Doch in einer mondlosen Septembernacht brach das Unheil über das Dorf herein.

Der Sturm rüttelte an den Fensterladen, die Bäume bogen sich, losgerissene Zweige und aufgepeitschter Sand wirbelten die Straße hinunter. Irgendwo gellte ein Schrei. Plötzlich stoben Funken in den nachtschwarzen Himmel, über den tiefhängende Wolkenfetzen flogen. Aus einem Dach fuhr eine Flamme steil empor.

Voller Entsetzen sahen die Leute, wie die Katze der Rudeljahne über den Dachfirst rannte, sich zum Sprung duckte, den Schwanz als feurigen Schweif hinter sich herzog. Das schwarze Fell sprühte Funken, wie glühende Kohlen leuchteten die Augen.

Von Dach zu Dach sprang das unheimliche Tier. Hinter ihm bäumte sich das entflammte Stroh auf, knisterte, prasselte im nächsten Augenblick, der Sturm jagte brennende Büschel vor sich her.

In Minuten glich ganz Kossin einem Flammenmeer. Häuser, Ställe und Scheunen brannten. Das Vieh brüllte. Menschen kreischten.

Der nächste Tag sah nur noch Asche, schwelende Balken und rauchende Trümmer. Der Fluch der Rudeljahne hatte sich erfüllt.

Inhalt

- 5 Der Wettstreit der Riesen
- 7 Das Geheimnis des Trompeters
- 8 Der Franzosenschatz
- 10 So richteten die Bauern in Lütte
- 12 Die erlöste Alte
- 13 Der Schatz im Schloßbrunnen
- 15 Das Männeken auf dem Tor
- 16 Der verschwundene Schäfer
- 18 Der verwunschene Prinz
- 19 Das Geschenk der Nixe
- 21 Der prahlende Bauer
- 23 Der Räuberturm
- 25 Das Geheimnis der Postsäule
- 27 Wie die Brautrummel zu ihrem Namen kam
- 29 Der Denkzettel
- 30 Die Paradiesmühle
- 32 Die Feuerreiter
- 33 Was die Leute sich von den Findlingen erzählen
- 36 Die unglückliche Rosemarie
- 39 Das Burgfräulein vom Rabenstein
- 40 Die Rache des Schmieds
- 42 Der Kobold in der Wühlmühle
- 43 Die Ochsen des Bösen Wühl
- 44 Wie der Mühlstein in den Kirchturm kam
- 48 Müller Pumpfuß in Gömnigk
- 49 Das Geheimnis des Bischofssteins
- 51 Die beiden Schwestern
- 52 Das vertauschte Kind
- 54 Der Schneiderstein
- 55 Die Glücksschweine der Zinnaer Mönche
- 57 Im Namen der Gerechtigkeit
- 58 Wie Jüterbog zu seinem Namen kam
- 60 Ein weiser Rat
- 61 Der überlistete Bischof
- 62 Lebendig begraben
- 63 Der Schmied von Jüterbog
- 66 Das Steinkreuz von Neumarkt
- 67 Die sieben Schatzheber
- 69 Der Schatz im Golm
- 70 Das verschlafene Glück
- 73 Die Lüchtermännchen
- 75 Bestrafte Neugier
- 76 Der Dank der Zwerge
- 78 Der Mordgrund bei Sernow
- 79 Der vereitelte Pferdediebstahl
- 81 Der Kobold in Reinsdorf
- 82 Der alte Dorfbrunnen
- 84 Das Rätsel um die fetten Schweine
- 85 Der Spuk im Büschchen
- 86 Die Frau mit dem Besen im Wappen von Dahme
- 87 Die Jungfernglocke zu Dahme
- 90 Der Vogelturm
- 93 Die gefräßigen Hollrägen
- 94 Der Meinsdorfer Müller überlistet den Teufel
- 97 Die versunkene Stadt Meins
- 99 Die Herbersdorfer Bauern jagen den Teufel in die Flucht
- 100 Klein Abraham
- 102 Der Schatz im Wendenwall
- 103 Wie Bärwalde zu seinem Namen kam
- 105 Der Dreibaum in Bärwalde
- 106 Bauer Eule und der Kobold
- 108 Wie die Kossiner einen Kirchturm stehlen wollten
- 108 Die Rudeljahne

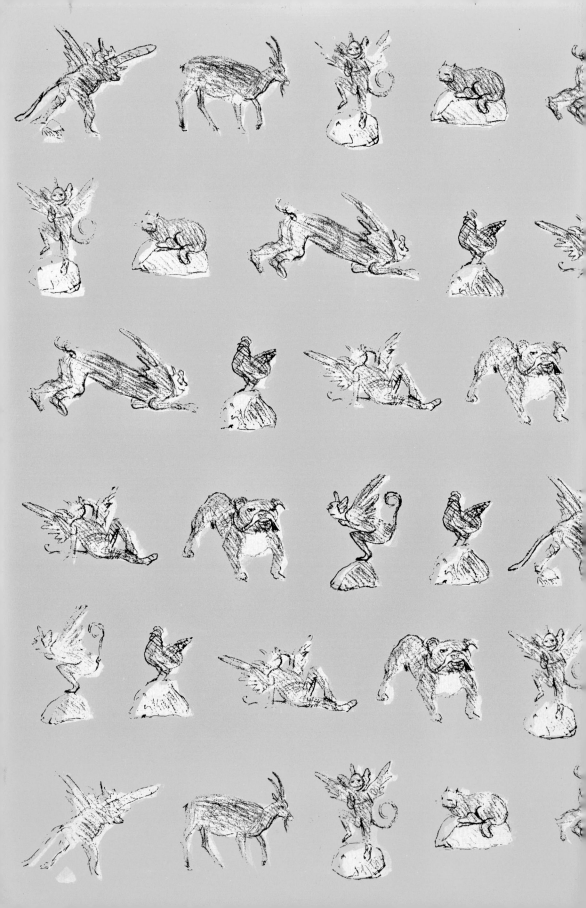